CAROLA CASTILLO

El *camino* *hacia* *la Maga*

Para Michelle,
a su maga
en busca de su
mujer!

Carola
2019

Índice

El camino hacia la Maga

Publicado por DC Media and Communications, Inc.

Segunda Edición

ISBN 978-1-943083-00-8
ISBN 978-1-943083-01-5 (ebook)

www.carolacastillo.com

A mis abuelas Celia y Cristina.
Para Anita, la mujer que
mantuvo con vida a mi madre.

La transmisión de una herramienta
para crecer desde el espíritu debe
ser de corazón a corazón, de un ser
humano a otro en palabra y energía;
una religión muy personal.

Sin un guía —o Maestro— no puede
haber relación o aprendizaje.

Hay que estar enamorado
de la fuente para conocer realmente
la magnitud de la sed.

La Maga

Glosario

mago, ga.
(Del lat. magus, y este del gr. μάγος)
1. adj. Dicho de una persona: Versada en la magia o que la practica. U. t. c. s.
2. adj. Se dice de los tres reyes que fueron a adorar a Jesús recién nacido. U. t. c. s.
3. adj. En la religión zoroástrica, se dice del individuo de la clase sacerdotal. U. t. c. s.
4. m. Persona singularmente capacitada para el éxito en una actividad determinada. Es un mago de las finanzas.
Diccionario de la Lengua Española. Vigésima Segunda Edición.
© Editorial Espasa Calpe, 2001.

mago, -ga s. m. y f.
1. Persona que, usando ciertas técnicas y trucos, hace cosas sorprendentes que parecen reales. Ilusionista, prestidigitador.
2. Persona que emplea unos conocimientos y técnicas para conseguir algo extraordinario con ayuda de seres o fuerzas sobrenaturales.
3. Persona que está especialmente capacitada para una actividad determinada.
Diccionario Manual de la Lengua Española Vox. © 2007 Larousse Editorial, S.L.

6

mago, -ga adj.-s. Que ejerce la magia.
m. bib. Díc. de cada uno de los tres sabios o sacerdotes que, procedentes de Oriente, adoraron, según el Evangelio, a Jesús en Belén.
Diccionario Enciclopédico Vox 1. © 2009 Larousse Editorial, S.L.

mago
s m/f mago ['maɣo, -ɣa]
1. persona que tiene por oficio practicar trucos de magia.
2. persona que conoce y practica ciencias ocultas.
3. persona muy exitosa en una actividad.

K Dictionaries Ltd. Tesauro
mago, maga:
ilusionista, encantador, hechicero, prestidigitador, hada, taumaturgo.

Ven a mi mundo sin miedo;
yo lo transformo en gozo.
Deja que te lleve desde el naufragio
oculto a la alegría universal.
Estoy en la esencia más allá de las fuerzas
opuestas con capacidad de despertar.
Mi mundo se origina desde lo invisible
para que sigas tu corazón.
La Natura es mi aliada, ahí el origen
de las tormentas y los vientos.
Dejo que mi cuerpo repose al lado de mi mente;
así puedo estar dormida y alerta.
Soy inmortal, pues la verdad en ti nunca muere
hasta que esta se descubra a salvo.
Yo soy *la Maga*, tu Maga, la que has
buscado y ahora te encuentra.
Lo puedo ver todo y siempre lo sé todo,
pues no me engaño.
No existe el tiempo; todo se revela sin finales.

Desde el cosmos...

Dedicatoria

A los que me dieron la vida y la fuente de la magia. Cuerpo, mente y espíritu, que logran tener un nombre en esta vuelta.

A los hermanos mayores –todos– y, en especial, a los que me muestran el legado que está escrito en las piedras.

A los Magos y Maestros Mayores, muy en especial a "ti" y tu legado infinito, el que me enseñó el camino hacia la Maga.

A los eventos que me hicieron crecer para poder plasmarlos en este escrito.

A las personas que en lucha me hicieron rendir ante la verdadera revelación.

A la Madre Tierra, que me nutrió en las tormentas de las palabras.

A "Cognitio Books & Apps", capaces de conectar lo invisible y seguir las "señales", dándole forma a la realidad para que todos tengan acceso a lo visible.

A los compañeros de camino, los auténticos, que me condujeron en las horas violetas cuando sorbíamos del cosmos.

A los hombres y mujeres que me amaron sin saber que yo los amaba.

A los dibujantes, que en su paleta de colores pensaron que yo tendría una tonalidad.

A los hijos que llevan la vida y las historias.

A los *iniciados* que hacen la magia posible.

Primer camino

"El encuentro"

Cuando llegué, ya estaba sentada ahí con su acostumbrada calma. Había un silencio tan bendito que te dejaba navegar en dirección desconocida, sin que importara el modo o la causa. Siempre admirada, mujer mágica de mis días. Piel rosada de atardecer. Luna oculta y enigmática.

Habíamos conversado varias veces en persona; algunas otras por teléfono. Sin embargo, en este encuentro, aun más íntimo, hacía que me topara con el peligro de creerme especial. Sabía que mi asunto siempre era desde mi arrogancia y soberbia de creerme todo el tiempo mejor que los demás. Esto siempre me mantuvo lejos de la realidad y del fluir constante de la vida. Una terquedad de no querer afrontar la vida y su fuerza siempre me arrastraba a lugares que me dejaban al descubierto para hacer trabajos forzosos ante la luz.

Estaba a punto de emprender una historia, un legado o una transferencia de algo que nadie adquiere así como así. Estaba a punto de conocer a un rayo de vida lleno de alma y sabiduría; algo que, al concluir estas líneas, será para que tomes lo necesario y urgente, como lo hice yo.

La Maga se ha perdido en el universo de lo mundano y lo cotidiano, una mujer que con solo mirarla –escucharla– te pone a temblar el corazón. Sabes que tiene algo que no es de este mundo; sin embargo, su sencillez te transporta a lugares tan lejanos como la vida misma. Compartir esta travesía a su lado ha sido un gran regalo. El que me permitiera respirarla, más que cuestionarla, ha cambiado la dirección de mi vida, su dimensión y la forma en que hoy en día logro calzar mis pies sobre la tierra.

"La vida sí que existe". La Maga y su presencia son como bondades que te dan fuerzas desconocidas; sus misterios y enigmas te los va revelando a medida que tus zapatos puedan soportar el camino.

—Ella viene de allí, de esa casa —como ella promulga— y que todos buscamos fuera.

—La casa que está a la espera de ser revisitada y se encuentra en cada uno de nosotros, esperando para darnos todos sus tesoros. Se combina entre chamanes, sabios y fuerzas poderosas, las cuales respeta y se deja llevar sabiendo el riesgo que corre.

—La Madre Tierra es el punto cardinal de su mirada; así determina la dirección de su andar. Esta esfera en movimiento me concedió el espacio de compartir, de abrir mis ojos a otros caminos—. A ratos revelaba su esencia y permanecía por mí para poder captarla. Podía ver "el todo" mientras yo pretendía aguardar en un rincón, extrañada.

—Algunos días fueron muy tormentosos en mi ser—. Ella sabía al dedillo mis faltas de alma.

Entrevistarme con ella era un proyecto como comienzo; indagarla, acorralarla, perseguirla para tomar de ella lo que en mi interés era importante. Sin embargo, entre puertas de entrada y salida, sin sospechar que en la búsqueda se pueden reencontrar fantasmas que aguardan por ser revisitados, el curso de los vientos cambió, giraron el bote de mi alma y, sin aviso de corrientes peligrosas, terminé solitaria en una isla conmigo... Como náufraga moribunda, hambrienta de alma y sin hacerme más la distraída, tuve que reinventar la vida, –mi vida–. Aprendí de las noches que te guían a la luz. El valor de las estrellas y el conocimiento de la magia universal.

Por mucho tiempo la quise como el amor más grande sobre la Tierra; en otras ocasiones la odiaba al saberme frustrada y confrontada con mi propia realidad.

Ella, sin cambiarte, te cambia. Sin tocarte, te enreda en las palabras desconocidas llamadas amor, compasión, fuerza. Al final y sin alternativas, solo sientes satisfacción, incluso en la dureza que emplea para despertarte.

Todavía no he logrado comprender si lo que estás a punto de leer es una historia, un cuento o tal vez la apertura de un camino iniciático. Ese es el efecto que ella logra, ya nada se parece a lo que piensas o pudiste creer.

Muchas veces me llevó a esperar en silencio, para que yo decidiera lo que era obligatorio emplear en las palabras. A ratos solo me miraba y, simplemente, me conducía a sus aguas revueltas diciendo: "¿Qué quieres de mí?", una pregunta que me llevaba a un abismo eterno y un sinfín más eterno aún.

Ahora que estoy en los pasos previos para comenzar mi relato, siento ganas y ese miedo que se parece a su presencia. Tal vez respeto algo que no se puede entender y que, con desesperación, todos buscamos. Revelarla o pretender plasmarla es el caos más absoluto para quien pretende adivinarla o aprisionar. Sin embargo, lo logro cuando intento hacerlo.

Mi consejo es que te dejes llevar por estas letras. Ellas pueden llegar a tener sentido en los lugares que aún ninguno de nosotros conoce desde la mente.

Abandónate ante el oleaje que celebra la Luna llena sin saber el por qué. Hay que ser compasivo con una historia que se puede transformar en un camino medicinal de vida.

Permanece; sé constante; dedícate; realiza algo con fervor; sonríe cada segundo de vida. Toma conciencia de dónde vienes, qué quieres y a dónde vas.

Así me dejó esta maestra Maga del Universo, cuando cada una pudo colisionar sin querer con el camino ya trazado por las estrellas y el cosmos.

Dedico este libro al encuentro de las horas con ella, que ahora son siglos de vida. Sin espacios ni tiempos, lejanos, cercanos de andar. Donde sea que esté, estará haciendo de las suyas para llevar la magia que la consagra en cada lugar.

Disfrazada de algo terrenal —desde lo habitual—, confundiendo al más astuto que pretenda hacerle creer que puede competir con el amor infinito que maneja. Este te deja vivir con su mayor lección.

Si te llegan señales en forma de plumas, es ella. Si escuchas que el viento es capaz de hablar, es ella. Solo observa con cuidado, al final todas las señales serán siempre: *Ella*.

Esta historia es comenzar a vivir en la alquimia de su presencia extraordinaria.

Que la Madre Tierra sea bondadosa con el camino que estás a punto de iniciar.

Segundo camino

"Se hace camino al andar"

Soy periodista, docente y psicólogo; amante confesa de las artes milenarias que socorren y curan el corazón. Buscadora de buscadores. En esos quehaceres conocí a la Maga un día cualquiera de los años más importantes por venir.

Cómo olvidar cuando la vi por primera vez en Alemania: fue un sacudón en mi alma. Luego empecé con la gran cruzada que después fue difícil detener. Viajé a muchas ciudades fuera y dentro de mis límites internos y externos. Me gustaba, me llenaba, me cambiaba. Llegado el momento, quise tanto o más que empecé a diseñar propuestas para obtener algo más de ella. Por algún tiempo supo reconocerme en los grupos de iniciados, me saludaba fría y distante. Me partía el alma cuando la escuchaba decirme: —Aún no has hecho mucho y sigues por aquí. Sanación es acción, no lo olvides. Muévete antes de que sea tarde—.

Quería hacerle tantas preguntas y siempre terminaba diciéndome:

Las búsquedas son directamente proporcionales a los vacíos que tejemos.

En algunos de los tantos encuentros, nos tropezamos en las instalaciones donde se desarrollaban las actividades. Me miró a los ojos y me dijo:

—Quítate.

"Busca tu corazón. Sé honesta". Al terminar su trabajo, lo único que lograba obtener de ella era un: "¿Qué quieres tú de mí?". Así fue como comencé amarla, porque ni yo misma sabía lo que quería de mí. Luego de aquellos primeros encuentros, mi amor por ella no hizo sino ensanchar los caminos que estaban empeñados en ser abandonados. La niña no quería crecer, las heridas abarcaban mis horizontes y la irresponsabilidad de ocuparme de mí me llevó a correr los velos que pronto me harían cambiar.

Muchas veces me conformaba con mirarla y adorarla. Qué fácil era quedarse en esa comodidad, acomodarse allí… Parecía una tonta embriagada por su presencia; su voz; la manera como movía las manos; sus gestos; su sentido del humor. Utilizaba las ironías para abofetear conciencias. Muchas veces, tras esas demostraciones de inteligencia y sabiduría, apenas alcanzaba a decir suspirando:

—¡Dios mío, qué ser!

La tuve que convertir en mi estatuilla. Mi maestra, gurú y héroe: ¡Todo eso! Absolutamente todo lo que se quiere lograr en un instante y que no se puede alcanzar, a menos que decidas abrir las grietas del corazón para que entre la luz.

La Maga hacía intervenciones muy poderosas. Mi preferida era "La utilización de la pala". Cuando alguien le hacía resistencia, le decía con mucho amor y sencillez:

—Para mañana quiero que traigas una pala de cavar en la tierra, pues te voy a enseñar abrir tu propio hueco. Haremos tu funeral y entierro. Ahí sabremos entonces si en verdad has estado viva o jugando con la vida.

La respuesta del grupo y la mía era casi inmediata. Lo más asombroso era la seriedad en la persona que había sido asignada tamaña tarea. La Maga sabía con quién, cómo y dónde.

Por fin llegó el día del encuentro que yo más ansiaba y anhelaba. Su próxima parada sería en una pequeña villa en un hermoso sitio llamado Groningen, en Holanda. En su época de verdor, en este lugar sobre la tierra, las arboledas y sus habitantes son adornos que se remontan en el tiempo. La calma y la cabida de paz de Groningen se pueden mirar como estampa cuando arribas o te despides en su estación de tren, donde miles de historias se resguardan eternamente.

En este lugar la Maga permitió que se cumplieran mis aspiraciones de volver a verla y de presenciar su autoridad. En jornadas de trabajo intenso, día tras día, encontrábamos la posibilidad de compartir muy cerca de ella el espacio donde podríamos tomar un bocado, café y dulces que intentaban llenar los vacíos recién descubiertos. En un segundo de vida, ella logró asaltarme sin darme chance de resguardarme. Aplaqué mi ansiedad y busqué la calma que no quería aparecer. Me miró con sus ojos profundos, sin adorno alguno. Sentí que me invitaba a abordarla. Me temblaban las piernas, pues pensaba que sus palabras serían exactamente las mismas que en los encuentros previos.

No obstante, con una voz muy tenue y dulce, me dijo:

—Mañana en horas de la tarde, al finalizar nuestro encuentro, te espero en la parte de atrás de este lugar.

Me quedé petrificada. Con terror, le contesté:

—Maga, lo único que hay detrás de este lugar es un cementerio abandonado y muy antiguo.

Su mirada me lo dijo todo. Hablaba con hielo en las pupilas, ese que se te mete en los huesos y te deja sin aliento. Te advertía diciéndote:

—Sigue luchando contigo. Ya lo comprenderás.

Bajé la cabeza y me rendí una vez más ante su fuerza de comprensión cósmica. Mi estupidez de no saber lo que era el respeto y el conocimiento seguían haciendo la antesala de mi vida, que aún dudaba de la palabra "fe".

No pude dormir esa noche. La cabeza me daba vueltas como una rueda de feria abandonada y oxidada, donde los niños una vez estuvieron entusiasmados por estar alto, muy alto. Donde cada vuelta era una oportunidad de subir, llegar y alcanzarlo todo. La emoción en mi estómago, con el mismo susto de la rueda de feria, silenciaba todas las preguntas. Me castigaba pensando lo afortunada y desdichada que era por entrevistarla. Me martillaba incansablemente presintiendo que sería incapaz de saber cuáles serían las mejores preguntas. Concederme un encuentro en un cementerio. ¿Por qué allí? Vueltas y vueltas. La rueda… La feria de mi propia vida.

Sin embargo, mi petulancia aún cantaba victoria en silencio, sabía que era bueno regocijarse en su conquista recién perpetrada.

Dentro de mí, una y mil veces me decía:

—Al final, con insistencia, lograrás lo que nadie pudo conseguir.

Los sueños, que anhelamos, aspiramos y alcanzamos desde las luchas y confrontaciones llegan a ser tan paradójicos... Este no sería la excepción.

Llegué a la cita desbordada de sustos, lágrimas dulces y sacudones. Perturbada, caminaba de un lado para el otro practicando mis líneas, que había memorizado hasta el hastío.

—Buenos días Maga, ya estoy lista para emprender el mayor de los proyectos que nadie te haya propuesto—. Repetía en voz alta mi línea, una y otra vez, sin darme cuenta de cómo, poco a poco, iba socavando agujeros en la tierra para dejarme caer en ellos. Los largos minutos comenzaron a transcurrir, las sobras del reloj de arena de mi corazón llenaban los hoyos que abrían mis pies.

La Maga nunca llegaba tarde a ningún encuentro. Era de respetar en sus horarios y estructuras. Sin embargo, para nuestra reunión ya el péndulo se asomaba y me comenzaba a rozar, me sacaba lo pesado del tiempo transcurrido. Comenzaba a impacientarme y mis líneas aprendidas se desmoronaban en el lugar donde nada era tiempo o palabra. Horas acompañadas de miles de minutos ya eran mi anticipada sentencia, al ver que no acudía a la cita. Empeñada en pensar, me respondía que tal vez, por ser un evento diferente en su vida, se estaría tomando el tiempo necesario, o tal vez me quería en este estado de locura al hacerme esperar...

Voces extrañas se hacían atender desde el musgo de los árboles guardianes que acompañaban a los muertos y su tierra santa. Estoy a punto de renunciar, el miedo se apodera de mí. ¡Maga, Maga, ven!

Me consolaba pensar que esta vez, por ser algo diferente a lo acostumbrado, se tomaría el tiempo necesario.

El reloj seguía sosteniendo la arena del camino con un sonido en mi cabeza que parecía más bien un artefacto a punto de estallar en medio de la guerra.

Esperé con paciencia y respeto, ella sabría por qué dejarme en tan larga espera.

Debía confiar y esperar.

Ya había aprendido que demorarme en sus actividades era una manera de decirle que *no apreciaba* sus enseñanzas. De hacerlo en repetidas ocasiones, la Maga te decía sin compasión:

—Puedes abandonar el recinto. Quien no es bondadoso y respetuoso con la energía, debe esperar lo mismo en retorno.

Cada una de sus frases me impactaba: —Quien no es bondadoso y respetuoso con la energía, debe esperar lo mismo en retorno—, me repetía una y mil veces a mí misma.

Así me enseñaba los planos poco visibles y me dejaba saber que el cielo estaba en la Tierra. Todo comenzaba aquí, en la vida. Luego, sin pretensiones, se podría alcanzar el cielo y su dicha. Era lógico y simple: el Maestro siempre tiene algo inesperado que enseñar o transmitir. Al llegar tarde, estarías afirmando que no valoras lo que te es transmitido. Si en realidad tuvieras una buena razón para hacerlo, deberías quedarte en la puerta, mirarla con respeto, esperando el momento para hacer contacto con sus ojos, bajar la cabeza y luego entrar en silencio, sin alterar el curso de la enseñanza. Si ella después te daba la oportunidad, tendrías que brindar una explicación, ofrecer tus disculpas. Así era como funcionaban sus cosas. Ella sabía que las enseñanzas más importantes tenían que ver con el *respeto*.

Por el contrario, si era ella la que llegaba tarde, teníamos que esperarla con paciencia, inclusive por horas. Si crees que esto es injusto, es posible que no estés lo suficientemente maduro para su gran arte. En esta espera aprendí tanto… También por ello le estoy agradecida.

Muchas veces llegó tarde a sus enseñanzas, y no por horas, sino por días. Así, los únicos iniciados que soportaban pacientes la espera se veían recompensados al recibir los secretos. Era maravilloso mirar y comprender su respeto y proceder desde cada cosa que se atrevía a entregar en enseñanza. Estar en su presencia con ganas; sin dramas; en buena postura; sin quejas, era algo que en verdad te hacía sentir digno de ti y de ella. Inclusive, si explicaba algo de lo que ya tú estabas al corriente, se le mostraba respeto al escucharla una vez más. Algo te estaba tratando de decir.

Si debías abandonar la actividad antes de culminar, podías explicar los motivos antes de salir. Así se aseguraba estar pendiente de sus enseñanzas y te tomaba en cuenta con sus ojos al momento de partir. Se sentía un adiós que iba contigo y el respeto hacia ella.

En lo cotidiano, muchos de nosotros tenemos la desdicha de ver al Maestro o facilitador esperándonos en la mañana cuando arribamos tarde. Él es el que sirve el café, conversa y se ríe con nosotros. Al terminar, nos despide y recoge la basura que dejamos los principiantes.

Me gustaba sentir que la Maga era alguien especial, tan humilde que llegaba de última; así le rendíamos un saludo de bienvenida en grupo. Lo mismo sucedía al verla salir, todos, una vez más, la despedíamos al retirarse. En realidad, todo este legado era propiciado por la Maga y era algo que te hacía sentir especial. Como un Samurái en entrenamiento en las artes del respeto, el amor y la fuerza interna, sin subestimar a nada ni a nadie.

Mucha gente la abordaba luego de sus enseñanzas; ella, en su tolerancia intolerante, solo sonreía. Algunos querían su sola y simple mirada; otros, su amor poderoso y extenso. Al final, esta mujer era algo tan maravilloso de presenciar —y de sentir— que nadie era capaz de resumir todos los motivos para querer tenerla lo más cerca posible.

Muchas veces pensé que no existía, pues se movía a la velocidad de la luz, como lo haría un rayo fulminante de amor. Cuando alguien te toca así en el pensamiento, quedas bajo un hechizo que te hace reconsiderar tu propio origen.

La espera continuaba. Estaba resuelta a dar tiempo al tiempo, todo el que fuese necesario por ella. Recordar lo aprendido gracias a su legado hacía que me calmara a ratos, me decía con fuerza a mí misma: "¿Qué has aprendido y para qué ha servido?".

Tenía que esperar más aunque la noche se acercara. La neblina comenzó a ser más y más espesa. En verdad el lugar ya era de miedo. Era casi imposible no poder escuchar cada ruido de aquel paraje no tan solitario, sentí como todo se amplificaba en mis oídos. Las gotas comenzaron a caer sobre la tierra ocupada y desconocía la sensación de escuchar una música celestial al lado de los árboles guardianes. Me sentía como en un juicio final. No sabía qué había hecho para merecer esa espera –por tanto o tan poco– en aquella descampada locación. Solo sabía que debía aguardar con temple por ella. *Maga.* Por fin, luego de la larga espera, levanté distraída la mirada y vi que se estaba aproximando. Con pausa y tranquila comenzó a caminar hacia donde me encontraba. Su paz me arropaba. Si pudiera ver un fantasma y quedarme en estado de quietud, sería imposible de pensar. No dudaba de que fuera ella, siempre me hacía sentir que mi poder interno era posible en su presencia.Tenía que respirar y mantener la calma, era obvio mi estado de ansiedad. Las líneas regresaron a mi memoria en forma de misión:

—Buenos días Maga, ya estoy lista para emprender el mayor de los proyectos que nadie te haya propues…—. Silencio. Todo quedó en blanco, no supe de mis palabras nunca más. Su presencia callaba todo lo falso. La miré a los ojos y de un zarpazo sentí como perdí la piel. Me quedé muda y el viento, al atreverse a rozar mi piel, me hacía sentir que estaba expuesta a todo, en especial a ella.

Poco a poco se fue acercando. Comenzó a acariciar las lápidas con sus largas manos descubiertas en el frío que mojaba. El musgo negado a morir sacaba de sus entrañas un verdor luminoso gracias a los últimos rayos de sol. Sentía a la fiera rondándome, me acechaba para que le tuviera miedo, me sentía asediada, cercada. Invitaba y me seducía en la palabra para que me fuera de bruces en ellas. Así, de un solo golpe, me haría perecer en el ataque. Aguardamos en duelo, pausa y mucha observación. ¿Quién querría morder primero? Las fieras se olían y esperaban para atacar.

Esta vez me pude anticipar. Con mucha cautela comencé a emplear su propia arma mortal: el silencio. Así que, por algunos largos e interminables minutos, danzábamos en miradas. La neblina jugaba con el rocío del lugar. Las piedras, cultas por el mutismo de la sabiduría, se empeñaban en regalarse ante la visita de tanta mudez.

En el lugar donde todo se puede hacer presente, escuché el "no silencio", "la palabra sin hechizo" estaba dispuesta a otorgar parte de mis huellas y su andar. Estaba en su presencia y la dimensión de las puertas que podía abrir. Cuando la miré de cerca parecía otra persona, no era la misma que yo esperaba. Pude ver en su rostro una piel pálida y fría. Tal vez distante en otro mundo. Respiré. Me retiré unos pasos, tuve miedo.Aun así quise continuar. Comencé a sentir la presencia de las cosas que rodeaban a la Maga, su magia estaba delante de mí.

Hadas de tamaños reducidos revoloteaban sobre ella, hacían luz mientras ella parpadeaba y se sonreía al tocarlas. El viento comenzaba a pasearse y lo podía tocar como compañero de la espera. Los elementales le hacían gala. Los árboles que acompañaban nuestros pasos comenzaron a transformarse en verdaderos guardianes. Hombres de asombroso poder espiritual. La Maga ya no estaba sola en el mundo del silencio. Me asombré y estaba impávida ante tal acontecimiento. Sentí mucha gratitud por lo que estaba viviendo... Sentada y casi desvariando en las visiones, se acercó a mi oreja y, con voz entrelazada de palabras, continuó diciendo:

—No es hoy que te daré lo que tanto aspiras y deseas, tendrás que esperar un año. Ahí vivirás tu verdadera iniciación si quieres aprender de mí. Será a solas y lejos de mi presencia física que conseguirás lo que tanto desconoces de ti.

Continuó murmurando como si alguien nos pudiera escuchar. Mientras tanto, yo palidecía.

—Nos veremos en Madrid el 25 de septiembre, en el Hotel Santo Domingo, cerca de la Gran Vía. Ahí comenzará lo que tú y yo habremos de continuar a partir de este momento.

Sin más, me dio la espalda. Las lápidas verdes y antiguas a mis pies se metían en mi pecho como inmensas olas de frío, denso y helado. De inmediato, algo comenzó a moverse dentro de mí. Una gran explosión hizo que sintiera mi corazón saltar de mi cuerpo. Un año entero. Un trayecto, una secuencia que solo ella sabía cuán importante era para poder tener acceso al cosmos y los grandes secretos que la rodeaban.

La pude seguir a distancia con mi sola mirada. Sentí cómo se retiraba con sus pasos firmes sobre la tierra dentro de la neblina, con su abrigo negro y aquellos benditos collares que siempre la adornaban como si fueran cascabeles de la *Creación. En su andar pausado veía cómo se alejaban las hadas y el viento que la hacía elevarse.*

—Maga. Misterio y enigma de mujer hecho realidad que me atormenta y debo seguir—, me dije.

A la vez, mis sueños y expectativas de un supuesto éxito se me habían desmoronado en un segundo. Sentí cómo un volcán de rabia inflamaba mis venas. Lloré y, cuando me cansé de patear la nada, me senté en una piedra. "La vida debe ser más grande que mi rabia", me atrevía a decir en voz alta, como si alguien me escuchara. La roca estaba helada y babosa, me hacía pensar cómo había quedado mi corazón luego de esta espera llena de tanta feria y vueltas.

En mi desesperación no me había percatado de que cada lápida perdida en el tiempo tenía un mensaje claro para mí. Era como si los muertos me chillaran una señal que aún no quería escuchar o creer.

Por un segundo sentí terror. Quise correr despavorida de aquel paisaje tenebroso y oscuro como mi propia sombra, cuando escuché a mi propia alma decirme:

—Estás pisando tu propio presente con el pasado.

Me sostuve de uno de los generosos guardianes que, en silencio, dejó que lo abrazara.

El tiempo se perdió ante mi presencia, el silencio lo cubrió todo. Entonces supe que soñar era tan real como emprender el camino.

—Maga, ¿estás ahí?

Silencio, oscuridad y una confianza desconocida lejos del miedo comenzaron a aparecer.

Todo me decía en susurros muy claros "sabes lo que viene". La Maga tenía métodos para abrir portales para que nosotros, sus iniciados, los pudiéramos cruzar. Accionaba tus muñecas con sus manos, golpeaba con toques muy específicos y sutiles tu espalda. Luego, concluía diciéndote:

—Ya están abiertos los candados.

Sabía y manejaba los conceptos muy precisos de la trigonometría sagrada y su dimensión. Sin mencionar lo que a ella sola le era revelado y que muchos ni siquiera alcanzábamos a imaginar. Comencé a calmarme. Aún así sentía cosas extrañas en mi cuerpo, como si ella, con su sola presencia, hubiese dejado entreabiertas las puertas para comenzar a andar lo desconocido. Pude ver entonces aquello que me separaba de la muerte: tan solo unas losas. Estaba viva. Esto es algo que ahora ya no podía ni debía olvidar. Así comenzó esta historia. Hace un año exactamente y, por supuesto, tengo que admitirlo, ya no soy la misma. Ahora, en silencio, la entiendo... porque me entiendo. He ido comprendiendo que puedo asomarme con más respeto a lo que su intención había tratado de hacerme entender. En pocas palabras, comenzaba a tener fe.

Para poder traducirla, hay que ser conocedor –desde el respeto– de la vida, la muerte y sus fuerzas ocultas. Para poder describirla – desde su mundo– es preciso no juzgarla, pues ese mundo es muy poco visible.

Mucho menos creíble por nosotros, los tercos de las fuerzas abandonadas y debilitadas por la testarudez y la arrogancia. Estoy convencida de que la energía está en el nivel de conciencia que yo esté. Es ella quien hace la magia de lo que nunca más te debes preguntar o dudar.

La Maga ahora abre portales y me deja entrar a ratos, donde podemos sentir lo que se está por vivir como parte de un destino que nadie debe alterar o estimular. Estos lugares te dan solo fuerzas internas para mirar, respirar y continuar.

Tercer camino

"La posibilidad de recorrer"

Hoy es 25 de septiembre; al menos así lo marca el calendario. Estoy en Madrid. Ya en el lugar acordado, en la fecha concertada, me dispuse al encuentro. Casi todo el tiempo estuve a la espera, esta vez más calmada y centrada. El hotel donde acordamos encontrarnos era muy pequeño. Mucha gente caminaba agitada por el vestíbulo prestando atención solo a sus asuntos personales. Todo transcurría en una tensa calma. Sin embargo, estaba feliz de estar allí. Confiaba y me sentía acreedora del tiempo y mis logros. Pretendía estar muy alerta a su arribo, tal vez por la puerta principal, que pesaba una tonelada por ser un antiguo edifico remodelado para el hostal. Muy atenta, no descuidaba la salida del elevador que tal vez la traería del cielo. Tenía todo cubierto. Mucho antes había tomado el cuidado de chequear el área de desayuno, sin suerte alguna. Entonces la espera podría ser más cómoda. No sabía a ciencia cierta a qué hora podría manifestarse la Maga. La silla del vestíbulo era muy cómoda, cojines amplios y anchos, de tela suave. Estaba algo cansada, la noche anterior no había dormido muy bien. En un suspiro mis ojos se cerraron y encontré un lugar donde reposar dentro de mí. Podía sentir mi saliva saliendo de mi boca y, tal vez, un fuerte ronquido que hacía que me despertara. Podía sonreír y continuar con mi delicioso plan de seguir descansando. Ya estaba en el lugar en el gran día. Todo podía estar ahora en paz. Plácido momento en la espera que podía disfrutar.

Agitada, sentí su mirada en mi rostro. Me incorporé de un brinco y me retiré la baba que me cubría el merecido descanso. Sentía su presencia cerca de mí. La pude ver sentada justo frente a mí. La Maga estaba allí, como lo había prometido. Me sostuve para no correr y abrazarla.

Qué gusto y alegría sentía de su presencia. Maga.

Nos miramos como en un espejo por un rato, reconociéndonos en un lugar que nunca antes había presenciado. Disfruté de su sonrisa amigable rodeada de silencio; de cierta forma, con admiración por estar allí como acordamos. Maga.

Vestía algo casual. Septiembre es una época maravillosa para estar en Madrid. Pantalones y camisa blancos. Sobria y sin mucho ruido. Nunca consideraba lucir diferente; esto es prioritario para ella. Le gusta mezclarse entre la gente y ser nada. Un atuendo muy sofisticado la dejaría al descubierto de inmediato. Cuando trabajaba en las iniciaciones, le gustaba llevar ropa ancha y muy colorida. Cada atuendo que vestía era sagrado.

Esta Maga posee una mirada excéntrica e inevitable. Quien la reconoce, se enamora. Los niños la registran de inmediato, son más astutos y están libres de juicios y complejos, así que desde muy lejos la divisan y se le unen como si ella fuera una *mina o torre de juguetes*. Lleva golosinas en sus palabras y globos de buenas intenciones cuando camina.

Los ancianos y hombres sabios la reconocen por su sabiduría de alma, y se sienten amados desde cualquier lugar desde donde ella los pueda alcanzar. Estando en el vestíbulo, en nuestro espacio de reconocernos, las miradas iban y venían y nadie se imaginaba el por qué.

Su presencia está llena de un don absoluto para el que quiera mirarse en un espejo.

Los olores y la luz que logra a su alrededor pueden llevarte de inmediato a tu propia infancia y sus recuerdos. Si ella así lo desea, puede precipitar cualquier emoción que tu corazón intente ocultar. Podrías terminar llorando o en medio de una risa sin sentido. Lo llena todo: te regala verdad en el misterio de tu verdad.

Atrajo mi atención los llamativos collares que llevaba. No podía dejar de mirarlos. Eran una mezcla de hermosos cuarzos azules con vetas rosadas que le habían sido obsequiados por un chamán al que respetaba y quería mucho. A ratos tuve la oportunidad de escuchar algunas historias que la Maga emprendía como cuentos, llenos de muchas fantasías y realismo mágico.

En su voz le sentía brotar el amor al referirse a él. Por lo que me contaba, pude apreciar que este compañero de camino había decidido regresar a las montañas sagradas para encontrarse a sí mismo.

Nunca más fue visto, esta era la manera que se aseguraba que los demás aún podrían seguir en aprendizaje. Pocos se atreven a entrar a la montaña. En una de sus enseñanzas, la Maga me comentaba que la montaña es el espejo de nosotros. Pocos quieren saber quiénes son. Las serpientes son las flechas de la montaña. Quien se hace daño a sí mismo, lo verá en el camino. Maga.

También exhibía un rosario de palo de rosas y una cadena de plata con un colgante en forma de esfera que emitía sonidos cuando ella lo movía con el viento de su alma. Siempre se ocultaba, era difícil verla abierta por completo. Dejaba esa tarea en tus manos para que te dolieran los ojos en tu propia luz.

Su camisa, de un blanco casi puro, dejaba ver aquellas "joyas espirituales" que proyectaban una especie de lazo en el obsequio que se encontraba ante mi existencia.

Se apresuró luego de un rato de miradas y, finalmente, me extendió un caluroso abrazo. Por primera vez sentía que podía recibir lo que la Maga estaba dispuesta a darme. Ahora era digna de saber hacerlo. Me sostuvo y, en las miradas que entendieron rápidamente, nos dispusimos a salir del hotel a caminar sin dirección alguna. Tenía un profundo temor de irrumpir en su silencio. La ausencia de palabras parecía hacer un ruido estruendoso en mi alma. Ella era y es así, siempre tormento y a ratos magnitud de cosmos.

El cielo madrileño obligaba a los transeúntes a buscar una sombra donde protegerse de aquel límpido azul y del escándalo de su brillo. La temperatura invitaba a llevar algo ligero. Solo sentíamos dicha del reencuentro pautado. Todavía con algo de frío seguimos nuestro camino. Por un largo espacio de tiempo comenzamos a recorrer las calles de la maravilla española. Lugares turísticos y sus turistas agitaban la escena.

Restaurantes con ofertas gastronómicas hablaban de la sazón y la esencia de los locales. Solo intercambiábamos miradas entre vitrinas y lo cotidiano que puede llegar a tener la vida. Paradas obligadas nos abrían el apetito entre café y chocolate. Estaba viviendo un buen momento con ella. Conmigo.

Metidas ya en el sinfín de una calle, me señaló la puerta de la antigua Iglesia del Carmen, cerca de la Gran Vía. Recién comenzaba la misa de las cinco de la tarde. Nos incorporamos en el momento justo, como si Dios esperara por su presencia para hacerla bendecir con un ritual que nos daba la bienvenida a ambas. Me senté a su lado. Su conexión no tardó mucho. Pude observarla con detenimiento, vi cómo se conmovía y derramaba algunas lágrimas muy sentidas desde el corazón. Recordaba el encuentro en aquel cementerio y las cosas que pude presenciar. No era de dudar que mucho estaba ocurriendo o por ocurrir. Solo quería poner atención y no perderme un solo momento. Suspiraba, se reía, deseaba, vivía cada relámpago como si mantuviera una comunicación directa con algo celestial y poderoso.

En mis ganas de presenciar su existencia, solo la podía observar y sentir en un pedacito de aquello. Algo me decía que todo este tiempo transcurrido seguía siendo la mejor iniciación para poder comprenderla en las profundidades de su magia absoluta. La Maga no era una mujer joven. Tampoco era anciana. Era una niña grande, pero muy sabia. Una saga, dirían los *Mamos* de la Sierra Nevada de Santa Marta en Colombia.

A ratos pensaba que era un espíritu, pues la veía en todos los rincones de mi vida desde que me había expuesto a ella y su andar. Me llenaba el corazón si la pensaba, me hacía hablar a solas y le peleaba el hecho de querer despertar y no saber cómo. Su estatura sobresalía del común. Su piel era fresca, como si fuera la de un ángel caído en la tierra.

Sus frágiles y delicados pies me llamaban la atención, parecía que nunca se hubiesen posado en la tierra. Al menos no estos pies que la Maga sabía mostrar en cualquier lugar o momento enfundados en sus hermosas sandalias.

Sus ojos eran marrones como la miel más densa; pero, al mismo tiempo, podían lucir oscuros como una noche oscurecida. Mirarlos era imaginar la paleta de los colores oscuros que debió haber usado Goya en sus pinturas negras: "Saturno devorando a un hijo", "Duelo a garrotazos" o tal vez las "Parcas". Tesoros negros llenos de luz para el que se atreva. Al estrechar su mirada, se podía advertir lo que era toparse con las verdaderas ventanas del alma. Así de profundas y llenas de sentir eran sus pupilas. Transcurrido el tiempo para que llegáramos al final de tan sentido ritual, el servicio litúrgico terminó. El evento pleno de energía sagrada concluía con mucha emoción. Nos dispusimos a abandonar el santo lugar y la Maga dejó que la sostuviera con mi brazo. Emprendimos camino un poco más en confianza, disfrutando de la compañía y la sensación de apreciar la presencia de ambas. —Siempre es bueno venir a los lugares lugares donde se congrega la gente en búsqueda de milagros y mensajes celestes, —comentaba la Maga con voz clara—. Quien quita que un ángel te vea y te brinde un poco de lo suyo por el simple hecho de estar allí, —añadió. Le prestaba toda mi atención y solo me quedaba sentir plenitud al saber que, poco a poco, me escuchaba a mí misma. Coincidimos que la próxima parada sería para saciar el hambre. Nos aventuramos a buscar lo más típico de la bella Madrid, que aún se resistía a la oscuridad. La comida preferida de la Maga eran los vegetales, aunque por razones obvias nunca rechazaba lo que le era ofrecido. Sin embargo, supongo que por estar en Madrid dejó que su espíritu se contagiara de empatía con su entorno y exclamara:

—Paella y vino tinto. ¡A disfrutar!

En el camino, la muchedumbre celebraba la estación del año que se presentaba bondadosa y llena de furor. A pocos metros encontramos un lugar sencillo. Con solo una mirada ambas enrumbamos el paso hacia él. Mesitas acogedoras, bastante luz y mucha gente que hablaba de forma ensordecedora rodeaban el encuentro. Seleccionamos un rincón cómodo donde el ruido y el servicio hacían gala a la energía de aquella tarde llena de señales y del "Olé" madrileño. Al ordenar, noté como el propio mesonero quedó atrapado en la bondad y la "gracia" de mi acompañante. Era una mujer capaz de sacarle una sonrisa al más resistido.

Al sentarnos, pudimos respirar y guardar espacio para lo que sería una buena e interesante charla entre ambas. Sin mucho rodeo, me miró a los ojos. Me preguntó de nuevo, pero esta vez de forma sutil:

—¿Qué quieres tú de mí?

La tuve que mirar con más solidez y madurez, sin tanto miedo. Sabía lo que quería y ahora iría directo a ello.

—Has estado conmigo un año sin que tu voz o presencia me alcanzara. Me pregunto si ahora eres capaz de saber lo que deseas —comentó La Maga—.

Mi ansiedad no pudo ser mayor. No sabía cómo admirarla más de lo que ya lo hacía. La conversación era importante para mí, pero presentía que lo que se iba a plantear ella lo había manifestado desde lejos. Aun así me atreví, pues este bendito año me había dado lo mejor dentro de mi camino. Cuánta gratitud sentía por dentro. Sabía que no podía pedir más de lo que yo sola podía ver y a ratos entender.

La miré a los ojos, respiré y balbuceé unas palabras tratando de ser lo más honesta posible conmigo misma:

—Maga, este año me he comunicado desde mi corazón. Ha sido tan valioso este proceso que solo ahora te veo diferente, en este momento sé lo que quiero de mí. También sé lo que quiero de ti.

Su rostro no mostraba señal alguna. Yo no esperaba nada, pues sabía que ella entendía de alguna forma lo que estaba tratando de manifestar. Hubo silencio –respiró y yo me preparé para lo peor– una vez más. Con su encantador júbilo que me llenaba la vida de alegría, dijo en voz alta:

—¿Te gusta el arroz con leche?

Solté una carcajada y ella, sonreída, sabía, todo lo sabía. Me sentí más calmada.

Comenzaba a entender que hacía más de un año compartía con su esencia, "pura vida", como dicen en la bella Costa Rica, pura magia. En ese instante sin palabras, sus ojos me captaron por dentro y me sonrió desde su esencia. Me sentí agradecida en su gentileza, todo valía cada segundo por lo que estaba sintiendo. Me escuchó sin decir palabra, atenta y con ganas. Qué arte es poder ver desde la luz interna.

Con mi voz contenida y casi en un diálogo sencillo me dispuse a plantear mi pregunta:

—Quiero que me inicies en tu sabiduría para yo ponerla en letras. Sé que puedo llevar lejos tu presencia de caminos. La gente y el planeta deben saber de ti. Como tú dices, el aprendizaje debe ir más rápido en menos tiempo, a menos costo. Entonces… Un libro, Maga, déjame escribirte. Sé que tomas del cosmos, hablas con algo superior y, aun así, te mantienes cotidiana y sencilla, tus ecos terminan siendo raciones de conciencia. Te quiero y te queremos escrita — puntualicé—. El silencio sostuvo todo lo que venía en desarrollo. Me miró algo extraño. Contuve mi aliento. Su mirada insistía: "¿Qué quieres tú de mí?". Comencé a contestarme mil cosas a solas, me atormenté y me dije:

—Lo que sea, ella lo es.

Interrumpió mis pensamientos en el preciso momento que sostuve el segundo necesario para agradecer que estuviera allí. Tomó mis manos y las aguantó largo rato. Me sentía tan querida y reconocida, que era inevitable mostrar mis lágrimas sobre los surcos de mi vida.

—Amada mujer, no soy escritora. Solo sé que las palabras que están cerca de Él son las que debemos entender. Tú haces tu trabajo y yo hago el mío. Así estamos ambas con Él. Hubo una pausa y sostuvimos el tiempo para poder saborear todo lo dicho.

En los próximos minutos ya teníamos ante nuestros paladares la celebración del día, el arroz con leche de Madrid. Al verlo, exclamó:

—¡Esto es vida, lo demás puede esperar!

Luego, con voz calma, añadió:

—La vida es algo trágico o dulce, depende del que quiera comérsela.

En ese punto, intenté asomar la posibilidad de un negocio entre ambas, una sociedad. Creo que empezaba a perder otra batalla. Tal vez mi propuesta era muy mundana para la Maga. Ella sabe del principio y del fin como todo, de las uniones, de los métodos, rituales, caminos y leyendas. Entre cucharada y cucharada, me dijo con sabor de leche azucarada:

—Debes estar viva para escribir. No tengo nada que contar, solo lo puedes vivir para escribirlo.

Entendí entonces el reto que significa para mí estar frente a una persona que no almacena pasado ni futuro, porque sus semillas están en todas partes. Lo importante es solo ser huesos.

Miró a lo lejos y esperó un buen rato. Pareciera que buscaba información y esta tardaba en llegar. Solo la observaba con respeto, esperando lo que fuera. Ya sabía lo que encerraba el respeto.

De la nada me miró y me dijo sin pausas y con mucho entusiasmo:

—Mañana te espero en el aeropuerto de Barajas. Saldremos a las 10 de la mañana vía Zúrich. Busca boleto. Te vienes conmigo.Vamos a vivir mientras tú escribes...

No podía hablar. Un torbellino de llanto, emociones y miedo venían y desfilaban. Su cara era de disfrute al verme en la locura provisional que me había proporcionado. Solo disfrutaba de su magia y sus resultados. Ahora que es realidad, comentaba:

—¿Qué vas hacer? —Se reía fuerte, muy fuerte. A carcajadas—. Maga.

Sin presupuesto y sin pretensiones, me llené de aventura y de iniciaciones. Mi viaje apenas comenzaba. Estaría al lado de mi sonrisa, que comenzaba a parir vida.

No dijo nada más. Se esfumó con su mirada llena de ganas, viva y extasiada de repartir caminos. Por un momento me quedé sentada sin accionar. El mesero irrumpió el evento de mi alma y me dijo:

—La cuenta.

Busqué en mi billetera llena de misterios las monedas que me asegurarían el camino a la Maga. Las mejores monedas son las que tienen dos lados, de ahí la riqueza en el alma. Ahora todas eran importantes.

Aunque caminaba en un río de gente, me sentía como si estuviera a solas. Nadie podría ser capaz de comprender lo que yo era en ese instante: dicha; dudas; miedos; alegrías que no sabían de su intensidad porque las vivía por primera vez en otro nivel.

Pensaba de nuevo como aquella bomba a punto de estallar.

Empaca, avisa a casa que partirás al día siguiente, pero... ¿Cómo podré explicar mi retorno? Proyectos, planes que se resumían en un boleto de ida y unas alas de vuelta. Me voy con la Maga y sus ganas hechas señales. Maga.

Mi corazón supo por un año su sueño, su rumbo. Ahora era una realidad, no había tiempo que perder. Ahí voy: de cementerios a la vida y su retorno.

De repente me vi sola, sin saber qué línea aérea o vuelo debería tomar. Mi corazón decía:

—Anímate, es solo tu mayor sueño el que acabas de conseguir.

Ahí vamos de nuevo. Ahora creía en ese boleto de ida y vuelta. Era el camino hacia la Maga…

Cuarto camino

"Arribando"

Mi corazón amanece hoy sacudido. Tengo un presentimiento. No entiendo aún lo que es, pero estoy segura de que vienen más cambios, pues voy del llanto a una alegría extraña y sigo sin saber porqué. Antes de sentir lo que siento ahora, ninguna persona o situación me generaba este placer asustado y divino. Siento que mi amor viene desde un lugar que no me atrevo todavía a decir que conozco. Ella, la Maga, siempre habla del "maestro": el corazón, y esto era lo único que tenía sentido para mí en las circunstancias en las cuales todo esto se desenterraba.

Las puertas que había abierto mi "maestro" comenzaban ahora a ser unos portones celestiales en la tierra. Todo podía esperar mientras disfrutaba la maravilla de sentirme sin atajos. Sin trampas. Lo que yo misma me había encargado de cerrar por muchos años, comenzaba a tomar lugar.

Me estaba enamorando de mí. Era innegable. Guardé muy dentro la sensación de deseos plenos de alegría en ese palpitar constante de vivir cada segundo a la vez. No tenía sueños o expectativas. Ya lo mejor me estaba pasando. Comencé a saborear la frase. Un día a la vez. Terminé de empacar y me fui muy temprano al aeropuerto a la locura más deliciosa que había de emprender.

Pude dejarme llevar y, como encanto, conseguí todo (o lo necesario) para sumarme a ella y su camino. Ella dejaba todo a las pruebas superiores. Lo que es para ti, es para ti.

El destino no sabe de tiempo. La mayor parte del tiempo estuvimos en silencio.

La sala de espera estaba algo vacía para ser un vuelo que estaba repleto de pasajeros. Caminaba de un lado a otro inquieta, mientras ella disfrutaba de su sola presencia sentada en su silla. Llamaron al abordaje. Una vez dispuestos en nuestros asientos respectivos, tomó poco tiempo para que la Maga entrara en sueño profundo. Así pude yo recapitular los eventos de mi vida y de lo que me había atrevido. La veía, estaba con la Maga en un avión. ¿Era un sueño? En ese momento me dije:

—Algún día escribiré sobre esta vivencia.

El vuelo fue plácido y tranquilo. Sentada junto a la ventana pude ver las hermosas montañas y picos nevados a la derecha del avión. Algo me hacía sentir especial y no podía describir lo que estaba viviendo. Sentía el movimiento de la vida a mi lado. Llegamos a la hora pautada a Zúrich, retiramos el equipaje sin mayor inconveniente.

La Maga viajaba con equipaje ligero. Hasta este punto debía dejarme llevar por completo por la Maga. Salimos por la puerta que nos llevaría al propio lugar donde estaba la estación de tren. En la caminata nos abordó un hombre apuesto, de unos 50 años, los cuales representaba con gratitud. Era uno de sus iniciados que venía a recibir a la Maga. Ella notó mi mirada de interés. Me miró y me comentó a manera de chiste:

—No te asombres mucho, los discípulos son todos iguales.

La miré extrañada, sin entender su comentario, o haciéndome la tonta al verme al descubierto.

Al ver mi reacción, me dijo:

—Si de verdad algún día aspiras ser un Maestro, debes recordar una de las máximas: nunca pierdas el sentido del humor.

Era tremenda y graciosa. Nunca se sabía si hablaba en serio. Había que estar alerta. Todo era serio con ella.

—Él —me dijo señalándolo— está un poquito más adelante que tú, pero no mucho. —Esto lo dijo soltando su carcajada de cinismo—. Inevitablemente, comenzamos a reírnos de una manera desenfrenada. Así fue que conocí a este iniciado de la Maga. Un ser especial.

A nuestra llegada me conmovió constatar el hecho de que el iniciado estaba repleto de ofrendas para la Maga. Para mi sorpresa, ella recibió con alegría todo lo que él le ofrendaba. Era obvio sentir la gratitud por lo que la Maga le había dado a cambio en conocimiento. Entre magos y aprendices hay muchos códigos a seguir, las deudas nunca se deben acumular. Deberse entre ellos es riesgoso, se debilita la magia. "Deberle a un mago debilita tu encantamiento", la escuché decir muchas veces. Es lo que sucede al no entender la magia del amor y del respeto.

—Nada como reconocer al otro—, decía siempre la Maga. —Es la única manera que te otorguen tus propias herramientas de protección.

Me imaginaba que querría decir algo sobre el respeto que debemos sentir ante el destino de cualquier persona que camina en nuestras vidas.

—Todos son perfectos en esencia, lo difícil es afirmar la esencia.

Su iniciado-acompañante nos escoltaba hasta el sitio donde nos aguardaba una mujer que recibiría a la Maga en el lugar señalado. Debo confesar que me alegré de la presencia de nuestro guía, porque así la Maga disfrutó de su viaje a plenitud y confiaba del sol que la irradiaba.

Mientras el iniciado compraba los boletos de nuestra ruta, esperábamos juntas en silencio. Sin embargo, desde cierta distancia lograba mirar cómo el iniciado observaba a la Maga con ojos llenos de luz y mucho orgullo, de forma bonita y respetuosa. Me gustaba cómo la miraba. Ambos sentíamos que la Maga venía repleta de semillas y nuestra labor sería cuidarlas para sembrarlas muy pronto.

Ya se conocían desde hace un tiempo. La Maga le había partido en dos el alma para que entrara la luz de la vida. Ahora era solo uno más de los que queríamos su experiencia, legado y, a ratos, su poder. La Maga era muy reservada y cuidadosa en su proceder.

Su talento más absoluto era saber de antemano, anticipar: cómo; dónde; cuándo; qué o con quién. Podía aproximarse muy de cerca y saber de tus carencias y vacíos, pero lo mejor era que conocía las intenciones antes de que nadie pudiera darse cuenta. Lo que más rechazaba era el tipo de persona interesada, poco seria en el respeto y los afamados seductores que intentaban desviarla de su camino. Evitaba a los presumidos de conocimiento y con poco corazón. No toleraba a la gente astuta que fuera incapaz de aportar algo para ella poder transitar —o permanecer— a su lado. Se rendía ante la honestidad, le causaba una auténtica fascinación. Si alguien le expresaba su verdad, ella permanecía atenta, respiraba y luego volaba. Amaba lo cruel de lo justo. La liberación sin inculpar. La libertad de la verdad oculta hecha engaño por uno mismo. Recuerdo un día en una actividad con iniciados. Trajo un plato repleto de provisiones y pagamentos para la Madre Tierra. Lo colocó en un lugar visible por todos. Una de las participantes pasó por su lado y se llevó un buen pedazo de chocolate de la bandeja. Al comenzar la ceremonia y escuchar las primeras palabras de la Maga, la chica que había cometido el atrevimiento cayó en cuenta del significado de aquel ritual. Sintió una gran vergüenza por ignorar que aquella ofrenda que había tomado pertenecía ya a un acto sagrado. Miró entonces a la Maga con ganas de asumir con responsabilidad su infracción, pero ella solo la observó de vuelta con una mirada llena de amor y comprensión. Tanto así que se sintió disculpada por lo sucedido. Ambas terminaron riéndose por aquella travesura como si fueran dos niñas cómplices, testigos de algo maravilloso. Si tan solo pudiéramos ser chiquillos y solo sonreír ante tanto engaño procurado dentro de nosotros. Sin embargo, un día la Maga me comentó:

—La verdad te hace libre y también es peligrosa. A nadie le conviene tanta luz. Esto hasta el día de hoy resuena y hace mucho ruido para mí. Algo tan profundo y complejo solo se puede vivir para entenderlo.

Así te iniciaba y te dejaba bajo el hechizo de tu propia vida. Así es ella, transparente en verdad. Estar en su presencia te lleva a explorarte y estremecerte, hasta que al fin logras conocerte frente a ese espejo de mil trozos esparcidos en tu propia presencia.

Logramos embarcarnos rápido en la estación central, para luego encaminarnos hacia la pequeña villa de Lützelflüh. Observé cómo la Maga y su iniciado, que gentilmente había ayudado a llevar a la Maga a su destino final, se fundían en palabras codificadas. Conocimientos, experiencias, preguntas y respuestas llenaban el vagón en dirección a la luz. A ratos se callaban y en otro nivel la conversación transcurría de igual forma. Él abría los bolsillos del alma y tomaba los caudales que ella le entregaba con sabiduría. El intercambio era de piel, vida y palabras. Solo podía observar en silencio. Nada que hacer. Ya todo estaba hecho. A lo lejos podíamos divisar la pequeña localidad que nos recibía con un verdor y una arquitectura maravillosa. Nuestro destino final estaba cerca y poco a poco podía sentir el cansancio del largo día. Finalmente el tren arribó a la diminuta estación. Tomamos nuestro equipaje. Al abrir las puertas pudimos celebrar el aire puro de montaña. Comenzamos a caminar dentro de la muchedumbre que recién regresaba de sus jornadas de trabajo en las ciudades más grandes. Poco a poco la estación se fue quedando sola. Nos dimos cuenta de que una mujer anciana y sabia nos intentaba alcanzar el paso. La Maga estaba feliz de verla. Ambas se sostuvieron en un largo abrazo como solo dos mujeres sabias pueden hacerlo. En el silencio de ese apretón se reflejaba el respeto de una por la otra. El iniciado acompañante celebraba al ver a estos dos seres poderosos. Celebraba su condición de apoyador en la tarea de llevar con bien a la Maga hasta el lugar donde haría su labor en las próximas semanas.

Llegó el momento de la despedida. La Maga miró a su iniciado con fuerza. Él no se pudo contener y la abrazó con una gratitud que mi corazón sentía como si fuese a explotar de emoción. De inmediato pensé en el momento que, tarde o temprano, estaría confrontando lo mismo que mis lágrimas lograban mirar como testigo. Tuve que buscar fuerza interna. ¿Separarme de ella? No quería pensar en eso por los momentos. Ella lo miró. Escuché cuando le dijo señalando en el pecho de su iniciado:

—Cuida de mi corazón. Yo ya cuido del tuyo.

Aquella era una codificación profunda y sencilla que dejaba ver los chispazos de la iniciación.

Nos despedimos, reconociéndonos cada uno en nuestras labores específicas para que la Maga cumpliera su misión en cada travesía. No puedo negar que, al despedirlo en la estación, me quedé con la sensación de que nos veríamos muchas veces en un futuro no muy lejano. Estuvo bien decir adiós.

Dispuestas en un vehículo viejo y sucio, un hombre al volante manejaba como bólido de pistas. La Maga hablaba con la sabia y el vehículo subía y bajaba sin mucha precaución. El iniciado-guía emprendía regreso al aeropuerto de Zúrich, donde se reuniría con su familia para ir a un largo viaje hacia Cabo Verde. Parecía entonces que cada quien estaba en su lugar, exceptuando mi estómago, al que le urgía botar su contenido gracias al chofer y las curvas. Maga...

La Maga me ignoraba y la mayoría de las veces no me presentaba como su compañera de viaje. A ratos sentía que esta mujer se hacía ver poco y ahora mi ser, en su dimensión, habitaba en el mismo espacio. Estaba bien así, poco a poco iba entendiendo para qué se dejaba ver y cuál era su finalidad. Su andar era prudente y muy agudo. Ya sabía que tenía la capacidad de convertirse en una fiera poderosa y, simplemente, esperar a que su presa estuviera lo más cerca posible para aniquilarla. Mis miedos me estaban dejando ver imágenes tan reales en su presencia, que podía sentir el efecto de su movimiento.

Mi tarea era seguirla y escribirla, para eso estaba con ella. Estábamos a punto de crear algo. Junto a ella, me dejaba llevar por una calle oscura llena de puertas enmohecidas listas para ser abiertas.

Había un gran silencio en el trayecto, a pesar del estruendoso ruido del motor. No obstante, había paz. Era algo mágico. Las montañas que se empotraban en el paisaje se dejaban ver en las flores y la belleza del lugar.

A lo lejos, las campanadas de una pequeña iglesia nos dejaban saber que el cosmos sabía de la llegada de la Maga. Todo estaba en orden para la tierra, para ella y ahora para mí.

A unos cuantos kilómetros se dejaba ver el lugar que acogería a la Maga y su presencia. Ya había estado en estas tierras en años anteriores impartiendo fuerza y conocimiento. Todos la aguardaban en el espacio dispuesto donde posaría sus sueños cada noche y dejaría asomar la esencia de su presencia cósmica.

Un pequeño camino incrustado entre los colores y los aromas dejaba ver las telarañas como arcoíris. La nieve en el tope de cada montaña majestuosa tocaba la calma de cualquiera. Mis ojos me brindaban un paisaje que me conmovió y me sentí tan agitada: tal vez así es como la Maga siente su mundo interno. Este mundo que se le concede desde afuera por estar conectada con lo maravilloso de lo interno: las raíces, las montañas, la vida... *Tal vez Dios*. Ella tenía el conocimiento. Yo estaba al tanto de ello. Solo podía observar y esperar con paciencia, que nunca fue un arte para mí. Lo que en esencia me unía a esta mujer estaba por descubrirse muy pronto. Lo que estaba viviendo era el libro que debía entregar.

Al final de la cuesta, luego de muchas curvas en el largo trayecto desde la estación de tren, divisé el mágico lugar que invitaba a la Maga y su tarea. Una hermosa casa de unos 100 años abría el final del camino y el comienzo del otro. Jardines llenos de flores multicolores le hacían gala. Viveros que ofrecían plantas y un pequeño establecimiento donde podríamos adquirir el resultado de las frutas en mermeladas y variedad de hojitas convertidas en bebidas. Las hojas que cubrían el hermoso lugar se dejaban ver en tonalidades menos vibrantes, pues el otoño las estaba haciendo parte del invierno que se aproximaba. Naranjas, violetas y amarillos, todos ahí juntos, hacían el traje de los altos muros de la casa. El árbol sabía de las estaciones y pronto su sed daría paso a lo nuevo. La vida se regenera, las estaciones nos dan pistas de los procesos internos. En sus enseñanzas, la Maga te hace sentir vital y constante. Algo tan parecido a lo interno se encuentra en las imágenes de la naturaleza. Las cuatro estaciones fue lo que inventó la Madre Tierra para que las cosas no pasen todas a la vez. Así nos aleccionaba con lo más cotidiano y común. Me quedaba suspendida y me preguntaba si estaría en primavera, donde todo estaba renaciendo. Tal vez invierno, donde la inquietud se reflejaba en mi poca paciencia de esperar el deshielo.

"Hay que ser semilla, esperar en la oscuridad y pronto serás solo fruto". ¿Cómo no entender esa frase tan profunda y cierta? *La Maga*. ¿Cómo no poder sentirla ahora si casi te acaricia los ojos?

Cada vez que podía, intentaba atrapar su dimensión en mis notas. Hasta que, poco a poco, pude darme cuenta. Más que entenderlas, ya las había comenzado a vivir desde hace largo rato.

Abrió la puerta y caminó hacia el lugar destinado a su descanso. Me atreví a seguirla y sabía que ella sentía mi presencia. Estaba bien, ahora lo sabía.

Un reducido espacio por el pasillo de la casa nos llevaba hacia el cuarto de la Maga. Subimos las escaleras con algo de dificultad, intentando no tropezar con nuestro equipaje.

Al entrar en su cuarto, de inmediato se dirigió a la terraza que ya dejaba ver su rubor de tarde perdida con sus vientos casi rosados. Así el atardecer se abandonaba y traducía en miles de colores fundidos con el paisaje de la montaña. La vida se disponía a entrar en quietud. Se asomaba la noche y todo era equilibrio. No pude contener mi asombro cuando vi que su cama estaba colocada justo debajo del espacio del techo que solo era un vidrio transparente. Exactamente debajo del cielo. El techo no ocultaba su presencia. Me la imaginaba durmiendo y despertando con las estrellas y los amaneceres encima de ella por completo. La cama doble se dejaba arropar por un cobertor lleno de plumas que provocaba saltar sobre él. Almohadones y cojines con mantas de colores brillantes e intensos hacían del lugar el alojamiento perfecto.

A la derecha del cuarto había una pequeña mesa que había sido galardonada con flores y frutas especiales para decorar y hacerle sentir a la Maga que era bienvenida.

Todo era exclusivo. El lugar donde la Maga duerme sus sueños y sus realidades había sido presenciado por mí.

Sorprendida de nuevo, me retiré en silencio dejándola a solas donde ella siempre estaba para todos. Me agradaba la idea de que la trataran de esta forma. Sencilla, pero siempre lo mejor y mágico para su mundo.

Dentro de lo humilde de la vida, esta morada llevaba a cualquier ser humano a desear por un segundo las estrellas que serían parte de su camino en las noches por venir.

Mi cuarto estaba dos niveles más abajo del suyo. Era suficiente distancia como para darme cuenta que era ella la que estaba más cerca de la fuente de *Dios*.

Mi lugar era austero, como todo lo que tenía que aprender al lado de la Maga. Una pequeña camita muy bien arreglada y sencilla. La mesa de noche con una lámpara que me permitiría leer. El espacio justo para colocar mi equipaje. En aquel momento, ya con un techo y una cama, todo se sabía y se debía revelar. Me sentí plena y llena de gratitud. Tenía lo necesario y me gustaba lo poco del lugar. Estaba cansada. Ordené mis cosas y me dispuse a emprender camino hacia mis sueños, que me mantienen despierta para continuar. Antes de dormirme esa noche, reflexioné cada cosa vivida. Comencé a imaginarme a la Maga bajo las estrellas. En oración, tal vez. Su vida colmada de herramientas, su capacidad para llevar las enseñanzas a lugares y personas que pecarían de aprendices ante su poder sabio y amoroso.

Quinto camino

"Cable a tierra"

Abrí mis ojos; noté la luz que entraba por la ventana y la terraza de mi habitación. Asumía que estaba amaneciendo por la cualidad de la luz. Me levanté algo confundida, por un instante no supe dónde me hallaba. Me tomó un tiempo entender que estaba en aquella casa antigua de aquel bello lugar y que la Maga estaba durmiendo cerca de mí. La noche había hecho favores con el silencio y lo fresco de la mañana. Tenía la sensación de un tiempo solitario y de paz a mi proximidad. El aire frío de la montaña entraba por cada rincón. Hacía más agradable abrir las puertas de la pequeña terraza y respirar. Estuve un instante con la mirada perdida sintiendo y percibiendo el lugar que, a la luz de la mañana, cambiaba. De inmediato tuve ganas de investigar el lugar. Repasé mis notas, que hasta el momento debía poner en orden. Aún faltaba escribir lo vivido con el iniciado y nuestro viaje en el tren.

Esperé por la hora prudente donde escucharía ruidos que venían del comedor principal de la casa que nos alojaba. Lo único que quería era café, medicina sagrada. Mi relación habitual con esta poción mágica es algo que debería considerar muy pronto. Convendría escribir un libro que se titule Muerte por café. Su aroma, su composición, llena de tanto estimulante, es lo mejor para amanecer junto a la vida.

Lo he comprado en los lugares que he podido visitar. Me agrada regresar a casa y tener café de los lugares especiales donde lo cultivan. Soy una experta en reconocer un buen café. Me abre a la tierra y sus orígenes, esa África primitiva. Los guerreros de este continente eran tratados como tales al ser beneficiados de su provisión a diario para mantener la fuerza y vigor. El propio Papa Clemente VIII resolvió probar el café. Al saborearlo, dijo: "Esta bebida de Satanás es tan deliciosa, que sería una lástima dejar a los infieles la exclusiva de su uso. Vamos a burlar a Satanás bautizándola y así haremos de ella una bebida auténticamente cristiana".

Su fragancia me arrastra al placer cotidiano de la vida –el café–, lleno de sombras y pecados hasta su final. Es casi un emisario. Mientras encontraba mi trayecto al *placer*, me tropecé con un hombre que me indicó la ruta al tesoro buscado. Allí, en ese choque inesperado, nos topamos el uno con el otro y con el *Amado*, el mismo Dios...

Era innegable que aquel hombre que me despertó junto al café desempeñara alguna actividad dentro del lugar. Lo distinguía el hecho de llevar un delantal blanco con una flor lila estampada en el centro, que daba a conocer el nombre del pequeño lugar dispuesto para el desayuno.

Sus cabellos ondulados, largos y negros, juguetearon en mi dirección más que cualquier otra cosa dentro del lugar. Sus ojos calaban y me invitaban a sortear la vida misma. Era apuesto, de piel tostada. De buen porte. La seguridad con la que se movía y lo que emanaba me dejaban totalmente hechizada. Un enigma que me llamaba.

De inmediato ambos nos presentimos en una danza que comenzamos a reconocer. No quería que nuestra conexión fuese tan evidente, pero ya no había tiempo que perder negándolo. Ya a estas alturas era imposible hacerme la tonta.

Estaba paralizada por lo que sentía en presencia de aquel hombre.

Logré llegar a un sofá que se encontraba en el rincón como pieza principal del salón comedor. Una antigüedad que decoraba los años de la casa de manera regia y clásica.

Mi lengua se derretía en los bordes de mi taza. Entre el café y el deseo, me dejé llevar. Solo podía tragar sorbo a sorbo sin pensar en nada más.

Lo que llevaba puesto era aún el pijama de la noche. Algo de algodón muy sencillo y de color morado. Me sentía cómoda en la casa, y la mayoría de los huéspedes se dejaban ver con ropas cómodas por las actividades que se ofrecían en la casa. Una vez dispuesta en el sofá, comencé a mirar al hombre que me había sorprendido sin permiso alguno. Parecía una danza de miradas la que ambos nos procurábamos.

Las imágenes en mi cabeza se dejaban llevar sin límites; la hembra que hace resistencia a su macho antes de tomarla y, aún en dolor físico, se puede notar el placer de algo básico y primario. Ella deja a la fuerza bruta hacer vida sin mucho cuestionamiento. Cada poro mío comenzó a sentir sed. Mis pezones estaban erguidos sin poder controlar nada. Mi corazón latía y ahí en ese lugar, entre mis piernas, podía sentir la razón de la existencia sin preguntas o pretensiones. Lamía la taza y ella me acariciaba a mí. El café me llevaba a ser guerrera y me estimulaba las ganas de entregarme a la fuerza bruta del desconocido.

Giró su cuerpo hacia mí. Sonriendo, sostuvo el aliento y me preguntó lo que menos que quise imaginar:

—¿Estás con la Maga?

Tuve que dar un gran paso en dirección opuesta al hombre, un salto que me dejó al descubierto en la sorpresa de la pregunta que casi me quita el aliento. Por un momento no quise saber de ella o del aire que la rodeaba, saberme enlazada con ella; anhelé ser libre en alma y cuerpo. Ahora me sentía atrapada y en dos aguas. Mis sueños truncados por un deseo comenzaban a combatir delante de mí.

Mi nombre, procedencia, o algo que tuviera que ver conmigo se disminuía ante la absoluta e importante presencia de la Maga. Me sentí sustituta, usurpadora y absurda. Solo estaba acompañando a la mujer fascinante y dueña absoluta del lugar. Aún no había hecho lo suficiente con mi propia vida para que esta fiera me devorara en sus ojos sin saber por qué.

Todo lo que en algún momento me programé tenía que ver con la Maga, siempre la Maga. Me contuve en la rabia acostumbrada.

Aturdida por aquella pregunta, estaba ahora desorientada delante de casi una rival.

Quise escaparme de mi piel, entender la existencia y ser libre de la Maga. Tenía mucho miedo en el lugar que me estaba adentrando. ¿Era esto parte de su llamada iniciación? El comienzo de las preguntas comenzaron sin parar.

¿Sería este hombre para el uso exclusivo de la Maga? Quise saber cada detalle, cada movimiento. Me estaba arriesgando a entrar en una zona llamada "riesgo". Ahora la osadía era en el alma y lo podía presentir. Un riesgo que debía correr como la mujer madura que supuestamente era. De inmediato me remonté a mi propia historia: un matrimonio o relación que perdí por poca disposición. La gama de heridas que se encumbraban en cuestión de latidos por segundo, desde el pasado hasta el presente, me dejaban ver la tierra que estaba tratando de conquistar.

Las más difíciles de llevar a cuestas en todos estos años habían sido *la traición y la infidelidad*. ¿Quién era yo en este momento para hablar o predicar de lo que ya me hacía pecadora? Como mujer vacía y poco conocedora de su fuerza interna, intenté la traición a mí misma, acompañada de toques de infidelidad. A ratos me sentía victoriosa y grande. A ratos, sucia e insatisfecha. En el tiempo pude entender:

—*Cuando me traicioné, todos me traicionaron.*

Todo esto se volcó en segundos sobre mi vida y mi pasado, pero sobre todo sobre mi presente, que insistía en sanar llenándome de ambiciones.

Mis hijos ya estaban puestos en la vida y su fluir. Dos hermosos chicos. Legados que la vida me había puesto como quien pone una orden en un almacén. Pareciera que la existencia y mi inexperiencia habían jugado el método del tiempo contra el estar adormecido. Aun así los levanté, y la clave de todo fue amar y respetar a su padre.

De esta forma, evité la desgracia de la pérdida de tiempo en ellos, de socorrer en ayuda a alguno de los dos. Al menos algo pude hacer, supe por mucho tiempo que la culpa no traía soluciones. Hablarle a mis descendientes acerca del momento mágico cuando conocí a su padre fue lo mejor que pude haber hecho. Hoy puedo asegurar que él me amó tanto como yo no pude. Yo estaba pendiente de otras cosas que solo debían ser atendidas por una mujer en necesidad de despertar y de entender lo que es el amor.

Asegurarte de amar al que se ama, fue una de las grandes verdades que aprendí de la Maga. Me sentía afortunada. Mi corazón se llenaba de gratitud cuando pensaba en el padre de ellos; apreciaba mucho aquel amor. Lo festejaba porque entendía que nuestros hijos eran el fruto de ambos. Comprender que no había separación posible para nosotros en esta vida por la mera existencia de ellos me había hecho un ser amable y armonioso. Pero en la relación con el padre de mis hijos siempre faltó algo. Cuando se agota la mercancía, se pide reubicación. —Lo que se agota es lo que se puede cambiar—, decía la Maga.

Esperar todo un año, viajar con la Maga, tenía el matiz de las cosas que siempre tenía que hacer, de alguna manera terminaba en las mismas situaciones. Se repetían una y otra vez, pues estaba consciente de que nunca afrontaba las cosas. Siempre quise más, solo un poquito más de esa gente a las que les exigía que me llenaran cada una de mis vacantes internas, que eran el producto de yo "no" puedo ocuparme de mí misma.

En la situación que me encontraba me comencé a cuestionar si, de nuevo, quería arrebatar de ella lo mismo que les logré hacer con otras personas.

De vuelta al presente y saliendo de los pensamientos que seguían torturándome, regresé a mi café y a aquella bestia sexual frente a mis órganos reproductores, que latían como tambor. Se movía, me miraba y nada podía definir. Sabía y presentía que era sagrado para con la Maga. La intuición de una mujer es de cuidado, en especial cuando dos de ellas están buscando lo mismo en un hombre.

A nosotras las féminas no nos concierne el hombre como tal. Cuando de la otra mujer se trata, solo queremos el poder que acompaña a esta adversaria. Preferimos como opción adentrarnos más a las luchas externas y evitar a toda costa las internas. Por tanto, lo mejor es aplastarla para que no nos haga ningún daño en el futuro. Sacarla del juego se convierte en un placer que hace que nos olvidemos de lo que en realidad queremos. Todo lo de la Maga era de respeto. Como consecuencia, ninguno de los dos nos lográbamos posicionar hasta este momento.

¿Quién era quién entonces en relación a la Maga? ¿Qué era lo que me esperaba en este camino y sus sombras para comenzar a replantearme mi propia asignación?

El café le ganó la carrera a mi oscuridad. Tenía que sostener algo hasta poder revelar lo que alimentaba el camino. En el fondo, lo que respaldaba la vida del delicioso ejemplar y de esta fémina llena de deseo era saberme solo su botín, amando los anzuelos que ya me atrapaban en placer.

Sexto camino

"En la ruta de la piel"

Luego del encuentro, y aún atontada por el destello en mis ojos, subí un instante a mi habitación para retocarme el alma derretida de tiempo. Estaba feliz y entusiasmada por el tropezón. Tomé la decisión de cambiarme el pijama y vestir un par de *jeans* con una camisa floreada. Al terminar de acomodarme un poco y sentir que estaba más calmada, bajé con pausa al área del desayuno, entendiendo que cada escalón que descendía era un paso al cielo. Tomé la puerta que conducía entre las habitaciones y la zona del restaurante, donde tenía que continuar buscando un desenlace para lo que vivía. Sorpresa, asombro y desconcierto. Alguien sáqueme de aquí. Al llegar al área dispuesta para el desayuno en la acogedora casa, ahí cerca del sofá, del café y todos mis palpitares, la Maga estaba sentada frente a lo que yo había declarado terreno mío.

La conexión entre ellos me removió de inmediato mis antiguas luchas internas y agitó escombros que aún existían en algún lugar que, de seguro, necesitaba limpieza. Ambos me vieron y se sonrieron. Tenía la sensación de saber que me miraban de lejos sabiendo que yo no era puerto seguro. Intenté disimular con mi mejor pose y una actitud de "aquí no pasa mucho. Tampoco me importa, pues no asumo la responsabilidad de nada".

Quise mimetizarme con la mesa. Los majares que se asomaban eran deliciosas tormentas. Hubiese preferido no ser avistada. Ser un insecto de Kafka sobre los panecillos. Nada de lo que estaba pasando debía suceder, mi intención de no ser vista me revelaba ante cualquier escondite.

Trataba de concentrarme en el festín dispuesto para el delicioso desayuno donde podía llenar mis manos y mi lengua con lo que deseara: frutas de estación; mermeladas; panecillos; avena; semillas exóticas… Aromas y manjares que regocijaban mis ojos con la promesa de su exquisito sabor. Nada quería más en ese momento que probar los dulces y agudos deseos de aquel hombre que miraba ahora los ojos de la Maga. Poco a poco pude concentrarme en mi plato –repleto de colores–. Buscando calma, comencé a pensar y a ser coherente en la situación que estaba viviendo. Pasaban los minutos y ambos estaban perdidos en aquel espacio que no se entiende de afuera. Se arropaban entre cuentos y anécdotas que yo ni podía sospechar. A ratos me sentía ignorada, abandonada, expulsada del paraíso. Sin embargo, desertar ahora toda posibilidad ante tan delicioso banquete era algo que tenía que negarme.

Solo pude sostener mi taza y la mirada. Por un largo rato me dejé llevar por el arrebato de saberme perdedora. Aun así, confrontar dicha situación me hacia reflexionar más y más. Quería dejar de ser compulsiva y aburridamente herida.

Sostuve el aliento. Fui dejando que todo buscara un lugar dentro de mí. Poco a poco estuve agradecida de abandonar la situación sin tener que lidiar con bajas ante el asunto. El hombre estaba con la Maga y yo debía respetar dicho espacio. Por primera vez sentí ganas de reírme desde el primer encuentro con el café ese día. Pecado. Pecadora. Comencé a reírme y a recordar las historias del café entre la guerra y el placer.

Así era la única manera de poder tejer los pasos dentro del alma.

La Maga se percató de todo lo que estaba aconteciendo. ¿Quién podría violentar la sapiencia de esta mujer? ¿Cómo engañarla? Yo estaba comenzando a sentir que no debía engañarme más. Levanté la mirada y, al toparme con sus ojos a lo lejos, nos miramos con dulzura y fuerza. No era necesario hablar. Todo estaba entrelazado entre nosotros. Había la posibilidad de dialogar en silencio.

Cuando pensé que me encontraba a salvo y de regreso en mi antiguo sofá, decidida a continuar, avisté que la maravilla andante se dirigía hacia mí. Se acercó y me pidió espacio para sentarse a mi lado.

Algunos de sus compañeros de trabajo estaban tomando un receso de las actividades. De un instante a otro, estábamos todos compartiendo historias y anécdotas de cada uno. Sus piernas me rozaban y era imposible no sentir su presencia. La Maga había volado sin yo darme cuenta, pues en un instante ya no estaba en la mesa donde había tomado su desayuno. Recordaba su sonrisa casi aliada y me tranquilizaba entonces. La regla máxima: mantener el sentido del humor ante cualquier emergencia.

Entre risas, café y regodeo, el hombre al que hacía segundos yo había renunciado para mí, se abalanzaba con su aroma a sándalo y mirra sobre mis deseos. Su voz se quedaba pegada a mi piel como miel. Retumbaban los tambores abandonados hacía rato.

Me pasó el brazo por encima de mi hombro y, en mis sentidos que me dejaban escuchar, me dijo:

—A las seis y treinta de la tarde paso por ti para que conozcas el templo donde está mi casa.

Giré mi cabeza. Me sonreí en sus ojos y, con mucha pausa, le dije: *Estaré lista esperándote.*

La batalla de mis armas y escudos comenzaban a ser solo mías. La iniciación había comenzado en aires de tormentas mayores: la Maga, el lugar y los cabellos de la vida ya tendían sus redes sólidas ante mis impulsos de apetito y pasión.

Terminado el evento del desayuno, cada quien se dispuso a las tareas del día. Las horas transcurrían dentro de mí con el viejo reloj de arena, esta vez hecho de piedras.

Estaba atenta de cada segundo cuando las agujas del reloj del salón principal me retorcían el alma. Durante todo el día intentaba establecer alguna pista o una idea del origen de los ojos divinos.

Quise hablar con la Maga, pero me sentía de nuevo en mis historias que se hacían presente dentro de la "traición" y el "miedo", espantada quizá, ahora más que nunca, por violar algo que era más que la convicción de saberme interesada en algo que tal vez no me pertenecía.

Era un mástil roto de un velero que pronto se aproximaría a una tormenta llamada *vida.*

La Maga comenzaba sus actividades con los nuevos iniciados. Creaba rituales, cantaba y hacía sonar su palo de lluvia. Escucharla era estar con la dicha de los sonidos que emiten las semillas que llegan a tierra fértil. Por mi parte, ahora yo era un sonido y, a la vez, la tierra más fértil que nunca pude llegar a ser.

También se le podía ver a ratos con una pipa, tesoro ofrendado por sus amigos de tierras lejanas. Este maravilloso regalo se ensamblaba en dos partes (femenino y masculino). La parte de la mujer era un trozo de granito verde agua, muy pesado, al cual le habían incrustado lunas y estrellas de color blanco brillante para hacerla más hermosa. Un agujero en representación de lo oscuro, profundo y enigmático del elemento femenino. En esta parte era donde se podía colocar la ralladura de la hoja de tabaco para hacer el humo que conectaba con el cosmos. De lo femenino en el agujero se abría el espacio perfecto para encajar lo masculino. Lo externo; el falo; las armas; la guerra; lo erecto. Un trozo largo de una madera resistente y muy dura. En el momento que la Maga juntaba este universo, se podía sentir la fuerza que hacía sagrada a esta pipa. Su envoltura estaba hecha de telas con símbolos. Peces y una osa blanca la rodeaban como abrigo cuando no era utilizada. Tenía inscrito su nombre, tallado por ellos. La Maga cuidaba de sus herramientas, sobre todo las que consideraba ancestrales. La pipa había sido el regalo de una mujer sabia, una aborigen de la zona de Ottawa en Canadá. La misma fue hecha solo para ella por los artesanos de la comunidad.

La música, la danza y los estados iniciáticos de todo lo que nos rodeaba no daban tiempo de pensar o cuestionar a nada ni a nadie. Desde mis comienzos en aquellos caminos, mi vida no volvió a ser la misma. Ahora podía observar cómo, haciendo lo propio con los recién llegados, sus vidas se iban transformando en conciencia mágica.

La Maga seguía abriendo portales a su paso. En estos te sumergías muy a pesar de tu obstinación o lucha. Hablo de una vida que, en esencia, nunca más debía dormirse o acorralarse. La Maga tenía la habilidad de despertar en ti todo lo que no has aprendido, hasta que quede convertido en nuevas semillas para la siembra.

Había que ser capaz de absorber mucho para luego desechar sin compasión.

Trataba de encontrar un momento a solas con ella, donde pudiera preguntarle sobre este asunto llamado "hombre". Tal vez ahora se convertía en un asunto común. Un tema a tratar entre ambas.

Me imaginaba en una tormenta con él, luego de perderme ante la Maga por pretender tomar lo ajeno. Las horas comenzaron a transcurrir a cuentagotas de destino. Las dudas me asaltaban, los infiernos de la incertidumbre me llevaban al fuego de la deliciosa sensación de victoria, placer y seducción. Así me aseguraba el cambio del camino por transcurrir.

El poder de los ojos plasmados en aquella ventana de mi corazón hacía que buscara el Sol con desesperación. Pensamientos románticos iban y venían a cada instante.

Tomé la decisión de callar mi alma ante la Maga. Esta renovada mujer, en apariencia comprometida, que también quería vivir parte de su destino con responsabilidad.

Ahora estaba asumiendo de antemano las posibles consecuencias de mis actos, pues quería vivir el caos que nunca me había permitido.

En mi hogar siempre fui la niña complaciente para obtener el amor que no podía alcanzar por otras vías. Yo no era tonta, sabía que donde me estaba metiendo era parte de lo que apostaba para crecer. Sentir algo de caos me ayudaría mucho en lo que yo estaba tramando, para saberme libre en las decisiones que pudiera tomar. Buenas o malas, eran mías y ahora solo mías.

Tenía un presentimiento: le haría entender a la Maga que había encontrado una independencia y alegría fuera de ella, lejos de su mundo. Aun así, sentía que cada paso que comenzaba a dar venía de otro lugar que no conocía. *Hacerme responsable de mi vida era asunto serio y de urgencia.*

En cuanto a mi tarea asignada hasta ese momento, estaba claro que debía transcribir todo trabajo realizado por la Maga. Así que la sensación de cumplimiento estaba cubierta.

Creo que me engañaba. La verdad de ocultarme me devoraba por dentro. La culpa me hacía burla y los pensamientos no eran compasivos en el martirio de saberme la perversa de la historia, una vez más.

¿Cómo mirarla a los ojos y decirle que en pocas horas estaría con su océano, su cielo o su tierra? A ciencia cierta, no sabía qué representaba el hombre en la vida de la Maga. Habría podido ser honesta y preguntar, pero tenía miedo a no probar lo prohibido, con la certeza de que era posible perderlo todo con los ojos abiertos esta vez. La idea me gustaba y me excitaba.

De nuevo, llena de valor para forzarme desde la responsabilidad, atinaba a sentir la seducción del primer paso mortal ante la posibilidad de cambiar y ser diferente. Enredada y dispuesta a pasar por lo que fuere, remonté las escaleras de la casa vieja. Observé que las luces del pasillo intensificaban su brillo con cada paso que daba. La idea de verme iluminada cada vez más me hacía sentir que las señales estaban a mi favor. Caminar y caminar para aprender. Esto me llenaba el estuche sagrado, mi cuerpo, de más ganas que las que tuve de perseguir o transcribir alguna vez a la Maga.

La hora estaba cerca, las agujas habían sido aliadas y bondadosas con el tiempo y mi emoción. Ya en la ducha, pude sentir la agitación, la exaltación por aquel hombre que ya era una propuesta de piel. Tentada bajo el agua tibia, recorrí mi cuerpo con mis manos, que sabían de memoria el camino para alcanzar el placer solitario de los dedos como acompañantes. Me inspeccionaba mi cuerpo y las rutas sagradas. Tenía que saber en ese momento que el desenlace de la noche sería la toma de decisiones de un camino que se llamaba miedo.

El antiguo camarada de muchos. Miedo. Sombra que hace retroceder cualquier forma de amor. Paralizador de cuentos e historias. Serpiente que va tejiendo un camino que empezamos a recorrer de memoria para asegurarnos la preservación de la vida. Odiado miedo, que has hecho que te quiera muy a pesar de tantas cosas. Hoy las ganas le ganaban a mi antiguo compañero de camino, hoy era decisión y ganas.

Hoy era hoy.

Una vida poco plena, llena de insatisfacciones, me hacía poco conocedora del estuche que contenía a esta mujer cargada de complejos y frustraciones que era yo.

Siempre quise saber más del amor, descubrir la magia de lo oculto, el sexo íntegro como conexión a lo superior y las puertas a ese paraíso. Había pasado más tiempo haciéndole creer a los hombres que mis chillidos en plena faena carnal y las diferentes formas de placer tenían la astucia de funcionar rápido, para que estos concretaran el acto lo más expedito, y así yo poder volar de mí. En pocas palabras, si lograba que el hombre acabara lo más rápido posible, yo estaría en el lugar del placer poco placentero. Me quedaba repleta dentro de mis fantasías, que me cubrían los íntimos secretos de ser yo. A nadie podía confiar mis placeres ocultos, cuando la reputación de la mujer buena y decente estaba en juego. La complacencia jugaba su historia y descubrirme era urgente. Sabía que, en cualquier momento, me encontraría con un hombre que me descubriría jugando dentro de los laberintos eróticos donde me resguardaba fiel, inquebrantable y oculta.

Una vez más, atormentada de deseo, sabía que la noche respondía a todas mis interrogantes porque era lo que deseaba. A ratos pensaba en la Maga, en su camino y lo que esta-ría haciendo en ese momento. Volvía a mí, quería cambiar la forma en que debía lucir, pero no lograba definir el evento. ¿Casual? ¿Abierto? ¿Desinteresado? ¿Seductor? Tal vez era un camino hacia mi piel que desconocía su vestido.

La Maga me asaltaba sin darme cuenta en pensamiento y dudas. Una y mil veces me repetía a mí misma: "Ella ya sabe de este encuentro". Entre el cielo y la tierra no hay secretos. Todos estamos conectados por alguna razón. Estamos aquí para empujar o ser empujados, cómo negar lo aprendido y hacerme la tonta e inocente niña de nuevo.

El alma, lo sabía, no se deja engañar. Si pasa en un lugar, de seguro ya está pasando en el otro. Esto lo sabía de memoria. Somos uno.

Pensamos que podríamos burlar al otro. En verdad nos engañamos a nosotros mismos cada vez que podemos.

Ya lo había mencionado antes: amante de las artes que te ayudan a abrir el corazón, al precio que sea. No era en vano todo lo que había hecho para ser mejor persona conmigo. Cada mañana, pensaba salir de la trampa que me había construido, por el miedo a vivir siendo responsable de lo que quería y me hacía feliz. Como práctica diaria, me preguntaba cada minuto: ¿Qué me hace feliz? ¿Esto me hace feliz? ¿Aquello me hace feliz? Y así, poco a poco, un día comencé a decirme: "creo que sí".

Estoy segura que sí. Lentamente comencé a sentir y a vivir lo que quería aprender. Me había expuesto por muchos años a todo tipo de fórmula que me diera luces para sanar mis heridas, esas que no me dejaban disfrutar de la vida fuera de la prisión a la que aprendemos a tener mucho miedo.

Cada vez que se me ocurría hacer un resumen en mi mente de todo el camino, me tenía que reír a carcajadas de mí misma. En definitiva, estamos en estos planos para aprender. Casi siempre escogemos el que más duele, para así estar seguros que tomamos el mejor de los caminos.

Tuve la valentía de iniciarme en muchos de los caminos. Cuando ninguno de ellos era suficiente, pensaba que el próximo tal vez sería mejor. Con el transcurrir de los años, me daba cuenta de que estaban condenados al fracaso si no actuaba en función de lo aprendido.

Por mucho tiempo pensé que los demás eran los responsables de mi desgracia. Durante años esperé que cambiaran.

Por fortuna me percaté que no era casual que, al gravitar en mis vacíos, solo atraía lo mismo siempre. terminaba llenando el vacío desde afuera, nunca desde adentro.

Aun así, ha valido la pena cada segundo. Si bien ha sido duro, ahora que las cosas han pasado y me han hecho crecer, ha comenzado a ser divertido. A ratos me digo que me gusta buscar el camino arduo, me gusta crecer. Hallé que lo dificultoso es vivir y lo más cómodo es renunciar. Nadie sospecha que, cuando estamos cerca de declinar, estamos a un pasito de Dios.

Las fuerzas de la vida son casi indescifrables. *¡Esto de estar vivos es cosa seria!*

Al principio los procesos comenzaron por lo externo: el cuerpo; el empaque; el estuche sagrado; el templo; lo que la mayoría mira desde la parte de afuera. El límite entre lo que separa la luz de la oscuridad, la piel y el espíritu, podríamos decir.

Nunca me sentí agraciada. Nunca estaba satisfecha conmigo. Al comienzos fueron: dietas; masajes reductores; cirugías menores; mucho sol para tener una piel bronceada y tentadora; mucho ejercicio –el que me quitaba la vida por alcanzar la figura perfecta–. Entrenaba más de seis horas diarias en un gimnasio; ahí encontraba un alivio provisional y a corto plazo. Poco a poco, la parte física comenzó a renunciar y a agotarse. Ese mundo comenzaba a ser vacío y destructivo.

Fue en ese momento cuando comencé a sospechar que tenía que enrumbarme por otros caminos, ya que, a pesar de la perfección y belleza que veía en mi cuerpo, me sentía traicionada y muy vacía. No era la que yo quería para mí. *Yo era para los demás.* Me buscaba tanto afuera que descuidé mis necesidades internas. Nunca imaginé que tendría tantas semillas necesitando tanto cuidado. Agua, luz y mucho amor. Mis simientes se estaban perdiendo con los años. Cosecha tras cosecha, luchaban entre sí por transformarse en frondosas florestas. Mi jardín estaba en riesgo; mis flores estaban en peligro de extinción.

Día tras día, mis colores eran sepultados en sombras. Mis pretensiones de controlarlo todo, mi arrogancia y pocas ganas de respetarme pusieron en riesgo mis cuatro estaciones. Viví en un eterno invierno. El poco calor que me procuraba era insuficiente para todo lo que necesitaba florecer y explotar dentro de mi propia vida.

La espera por los otros y los deseos de restarle importancia a mi propio amor se convirtieron en la lucha más trascendental para crecer.

Alternaba la rutina de ejercicios físicos con píldoras y antidepresivos; una delgadez de alma y un sobrepeso de ausencias jugueteaban con una amargura infinita. Por un tiempo tuve que tomar medicamentos. *Todo era muy lento.* Una que otra vez me ayudaban a buscar pasión, y cuando las cosas iban muy rápido, me refugiaba de inmediato en aquellas golosinas químicas recetadas para bajar la marcha. Así, mi "yoyo" emocional marcaba mi vida sin poder salir del juego.

En el desfile de intentos mencionaré algunos de los que hice por un tiempo que, por poco, me aseguraron rozar procesos de casi "muerte", o debo decir "caminos"… Era imposible no hacerlo. De estas experiencias viene gran parte de lo que soy y de lo que entiendo de la vida como ser humano. Un alto precio, debo decir.

Por más de 20 años intenté ser constante en terapias o curas del alma, arcaicas y nuevas. Psicoanálisis; Gestalt; Imago; psicología transpersonal; ayuda psiquiátrica o psicológica. Era un desfile en cualquier pasarela de última moda. Sin embargo, no quiero dejar por fuera muchas de las otras cosas que intentaba en paralelo (de lo legalmente llamado institucional y algunas veces no permitido por la sociedad), aun de forma oculta.

Meditaciones; retiros espirituales; reiki; metafísica; ayunos; terapia con mandalas; bailoterapia; masajes; artes marciales; lectura del tabaco; sectas; celibato y entrega a lo espiritual. No obstante, mi suerte no cambiaba tanto como yo cambiaba de esperanzas. Las terapias o curas comenzaron hacer efecto en su debido tiempo. O quizá era yo la que comenzaba en mi debido tiempo. Intentaban transformar dentro de mí sabiendo que nada tenía solución hasta que "yo" decidiera con constancia, visión, ganas y amor lo que quería *cambiar* o, definitivamente, *mirar*. Las vueltas y repeticiones eran tan obvias, que comenzaban a ser el problema. Estaba agotada, frustrada y poseída en cólera. Una adicta cualquiera. Una floja de alma. Resentimiento o turismo espiritual eran mis constantes reproches. El valor espiritual más grande es la propia vida.

Hasta que en ese vacío total probé las drogas: las suaves, las legales y las prohibidas. Comencé con marihuana o cannabis, luego algo de cocaína combinada con alcohol. Sin embargo, mi vida seguía tan desierta que ni esto me dio un destello de luz para, al menos, sacarle provecho. Me di cuenta de que no dependía de nada ni de nadie. Esto comenzaría a gestar la soledad más profunda que debía transitar. No había nada afuera que me hiciera tan feliz como comenzar a recorrer mis caminos internos; los que, a la larga, demostraron ser los más duros, más difíciles que cualquier otro proceso o experiencia que tuve la oportunidad de vivir.

Muchas veces pensé en la locura como alternativa para renunciar. La depresión y la enfermedad me tendían sus brazos. Mi vida no se dio por vencida. Siempre quise encontrar, encontrarme. La búsqueda me llevó a toparme con un alma plena de sombras. *El camino a la sanación es más un movimiento constante que un final feliz.*

Las emociones eran las dueñas de los lugares donde yo no podía accionar. Dormida, con mil achaques, pensaba sin cesar. En definitiva, no había paz para encaminarme en ninguna dirección segura.

Cuando me embargaba la tristeza, ya nada tenía luz para mí. Siempre pensé que venía de una familia disfuncional y el descubrimiento más maravilloso fue cuando comprendí que era así. Supe lo que era el "Síndrome de Estocolmo" (1). Poco a poco fui deshojando la realidad, me permití sentir en mi cuerpo el terror de estar a punto de perder la vida en manos de la mujer que me la dio, *mi propia madre.* Pocos brotan de forma segura a la vida. Nacer es un proceso tan maravilloso como complejo. Traemos y llevamos una tarea que es digna de cargar en conocimiento, para que no se vuelque contra nuestro andar. Al nacer, todos sabemos lo que significa la muerte. Al menos de forma silente lo llevamos como memoria tapizada en cada célula. Queda como un tatuaje en cada átomo del cuerpo. Esto es inevitable. Sin ser conscientes, en muchos niveles sabemos a quién hacer acreedora de tan espantosa experiencia. En esto nos pasamos una vida sin afrontar una verdad llamada "miedo a vivir".

(1) El Síndrome de Estocolmo es un estado psicológico en el cual la víctima de secuestro, o persona detenida contra su propia voluntad, desarrolla una relación de complicidad con su secuestrador. En ocasiones, los prisioneros pueden acabar ayudando a los captores a alcanzar sus fines.

Toda historia es siempre tan sutil y, por debajo, estas heridas hacen que no podamos ver a nuestros padres con confianza. En especial a "ella", la dadora de vida, nuestra Madre. Intentamos borrar esta experiencia, sin darnos cuenta de que minuto a minuto es más palpable e irremediable. Las historias y dolores no percibidos con responsabilidad son el carruaje de los fantasmas que tendremos que toparnos a lo largo del camino, una y otra vez, hasta que podamos abrazarlos y amarlos. Es mirar, reconocer y amar. De allí la posibilidad de rebobinar cada segundo y convertirlo en algo nuevo. De lo contrario, estamos condenados a dar mil vueltas hasta alcanzar algo de luz.

Entendí que por negociar una supervivencia como niña, tuve que renunciar al amor. El niño o la niña que aprende a amar o que aparenta hacerlo es el que está en manos de su captor. Ese que en cualquier momento podría por igual despacharlo a uno de la vida misma. Pero no por eso los padres son "malos", es el cuerpo el que nos ayuda a entender el cuidado que debemos tener para preservar la vida.

La vida se sostiene a ratos con ese amor. Pero solo a ratos. Es nuestra tarea descubrir el verdadero significado de lo que todos intentan entender detrás de esa trillada palabra que se ha convertido en el enigma más grande de todos los tiempos: Amor.

Los niños mimados al extremo sufren todo tipo de problemas, hasta falta de tonicidad muscular. Terminan detestando a sus padres por no haberles dado el derecho a caminar con fuerza. Es ese ímpetu lo que nos duele y lo que nos hace ser unos grandes guerreros. Todo se transforma, ningún destino es incompleto.

Entender esto me ayudó a reconocer a mi madre como el vehículo perfecto para que mi piel se posara en la tierra. Siempre busqué dónde estaba su amor y muchas veces lo pude descubrir… Mi corazón decidió encontrarlo. Las quejas, las tristezas y la rabia le ganaban la carrera a la mujer que quería crecer para ser responsable de sus acciones.

Crecer dentro de una familia donde todo se negocia, hace que despertemos nuestra intuición. Por lo general, el precio puede ser muy alto, pues siempre somos grandes controladores y, por desconfianza, vivimos en un estado de permanente trueque. No nos atrevemos a amar, pues ni siquiera sabemos lo que conlleva el significado de esa palabra.

En ocasiones, mis propios hijos perdían la dicha de tenerme con ellos por yo insistir en la búsqueda de un dolor que no tenía motivo. En el entrenamiento está la llave del milagro.

Anhelaba la perfección; ser intachable; aburridamente correcta; complaciente. Una vez más, así asomaba mi miedo de no saber vivir. Con todos esos errores me di cuenta de que la única posibilidad que tenía era reestructurar mi historia desde mis antepasados hasta mis células, para así poder celebrar mi presente. Siempre hay que saber el propósito.

Así, pues, luego de asumir estas etapas como regalos –no como problemas– mi vida emocional comenzó a darle paso a algo que desconocía por completo. Esa era mi tarea y mi compromiso. Preguntarme y construir día a día un camino, sin responsabilizar a los raptores de mi supervivencia. Definitivamente, la pereza es el mal uso de la creatividad. Comencé por mis propios pies a dar movimientos internos con mucho esfuerzo. Este proceso me ha transformado desde el nacimiento a la vida y volver a nacer. Aún continúa con diferentes matices, como las estaciones del tiempo. Mientras relato parte de mi historia, sigo pensando en la Maga y el hombre. Estas vasijas sin fondo se llenan de lo que estoy segura podría ser un brebaje para saborearme mejor.

En los años difíciles que me obligaron a nadar hasta las orillas de mi ser interior, me topé con un episodio que me devolvió a la vida: tomé la decisión de amar a mi madre, caminarla, tragármela hasta el alma, entender que sin su conexión no llegaría a ningún lugar. Este proceso literalmente me arrancó la piel y me hizo otra. Significaba desmontar las estructuras de aquellos años tan traumáticos, llenos de ideas, chantajes, rabietas y todo lo más duro que hizo que mi mundo se convirtiera, gracias a la alquimia interna, en un paraíso lleno de responsabilidades. Es el niño herido el que busca reconocimiento desde sus heridas. En consecuencia, se desconecta de la realidad de amar y responsabiliza a los demás de sus fracasos. Tomamos a nuestra madre de la misma manera que vamos tomando cada día de nuestra vida. Cada jornada me despertaba y encontraba acontecimientos dentro de la historia que tenían que ver con el hecho de estar en riesgo y que nadie estuviera para mí. ¿Qué hacer? Pues, como práctica, adopté la costumbre de respirar, mirar el evento y cambiarlo dentro de mí. El solo mirarlo sin pretensiones de cambiar nada, un fuego que, aunque te quema, llega a purificarte. Ese saborcito de tener la fuerza de hacerlo ya era sanación.

Gracias a este paso, comencé amar a la mujer que hay en mí, mis menstruaciones de cada mes, la vida que les había dado a mis hijos. Comencé a amar al hombre que me tomó como su mujer para darme sus hijos. Saberme madre, entender el terror de poner la vida en riesgo en cada acto que trae vida y más vida. Busqué los nombres e historias de mis bisabuelas y abuelas; sus amores frustrados; las pérdidas; la pobreza y las injusticias. Todo aquello apenas empezaba a estar en orden. Sobre todo, yo.

Al amar a mis padres, pude transformarme sin cortar la línea de la vida. Entendí que mi tarea solo era llevar más lejos nuestro legado honesto y maravilloso como seres humanos. Encontrar el lugar donde hacer lo que me hace feliz sería el reto más elevado. En los años de tan asombrosos procesos, la Maga apareció como una mariposa llena de colores y posibilidades. Ella fue un suceso trascendental en mi vida, que me permitió ver lo que, sin duda alguna, a mí también me tocaba revelar. La Maga me guió a la investigación de mi alma y de mi origen. Comprendí el por qué y las causas de los torrentes emocionales que le daban forma a mis propias heridas.

Cada emoción está conectada a un pensamiento. A su vez, cada pensamiento está interconectado a una historia. Sanar las historias, mirarlas desde otro ángulo –cualquiera–, sin pretender cambiarlas, el no juicio, marcó la posibilidad de enrumbarme por nuevos caminos.

Comencé a ver la imagen grande, no la pequeña, todo lo que lograba sujetarme.

Al final, sentir y entender el amor y las luchas de mis padres. Suicidio; abandono; esclavitud; prostitución; locura –por solo mencionar algunos de los destinos que más marcan a las personas–, eran el marco de la foto de esas historias que ahora estaban expuestas con más claridad en mi vida. Escuchar con calma y respeto me hizo saber que, al final, solo estaba mirando mi pasado amplificado para poder continuar en el camino. Dejar de ser egoísta y mirar en sus ojos el tiempo que se perdía en sus arrugas, llenas de misterios y leyendas, me dejaban con una lección de humildad que jamás había experimentado.

Poco a poco pude restituir un orden interno y armonioso para mi vida. Comenzar hacer algo útil y que me gustara. Cada día, todos los días. Un entrenamiento de vida.

Desde allí logré tener un lugar justo. Experimenté cómo mis huesos crecían rápido para poder salir a una vida nueva que estaría llena de retos y de verdad. Las lesiones pasaron a ser un manto de estrellas. Aún las siento y respiro, las hago mías. Ahora considero mi ánimo y gratitud. Nada más maravilloso que poder mirar atrás y sonreír; la sensación es que todos y todas ahora me apoyan en mi andar.

Cuando llueve muy fuerte, no importa el lugar, cierro los ojos y ahí consigo sus aplausos desde el cielo terrenal. El primer paso en el desapego es el amor.

Sigo buscando, pero en otra dimensión. Una de ellas es estar con la Maga y poder transmitir su legado, su enigma, esa puerta que ahora se me asoma como regalo por lo que he logrado en el camino y en el andar. En especial este último año que recién transcurre, la Maga sabría con exactitud lo que debía cumplir como tarea para estar en el lugar que ahora me encuentro.

Mis heridas de niña; la adolescente traicionada por desconocer la ruta del alma; creer en el amor a ciegas; aportarlo todo para procurar y mendigar afecto; la hembra tan sedienta de amor más allá de lo que se puede comprender. La mujer sabia que desea la comprensión infinita de lo que es "estar". Telarañas construidas con delicadeza para atrapar algo que me hiciera sentir vivamente atrapada. Lo único cierto era que debía confiar y creer en cada momento, para así comenzar a estar en ese Todo. Dejar de ver la vida desde mis heridas me mostraba una ruta que, hasta entonces, desconocía. Nada cambia hasta que nosotros cambiamos.

Todo era tierra fértil donde sembrar.

Despertar tiene que ver con dejar de ser ignorantes ante la vida.

Desconfianza y ausencia de fe son los grandes caminos por transitar para llegar a nosotros, Dios, Uno.

Asombrosamente, el mecanismo para salir de cualquier circunstancia es el miedo. Llega a ser un motor silente. Todo se construye alrededor del miedo. Por miedo nos hemos perdimos dentro de la ignorancia. La vida más frágil y, por consecuencia, más poderosa, está en nuestros propios miedos.

"Si yo cambio todo cambia"

El reloj me dejó saber que ha llegado la hora del encuentro. La hermosa tarde me lleva a sentirme en dicha. Mi corazón parece un torbellino y mis ganas de estar con el "hombre" son apremiantes. Como lo acordamos, a las seis y treinta pasaría por mí. En la entrada principal de la antigua casa donde estamos alojadas, donde también anidan las flores más hermosas que haya visto, las montañas y el cielo son los que sacuden el cosmos de la Maga.

Mi atuendo era digno de un carnaval de sensaciones: pantalón ancho de muchos colores; camisa naranja; un chal que me habían obsequiado en el místico lugar de la bella tierra guatemalteca llamado Tikal, donde cada punto en el tejido dejaba ver la mezcla de su historia y cultura. Templos, caminerías, selva y estelas fueron la inspiración de la tierra para poder estampar la esencia en tan hermosos tejidos.

En mi decisión de asumir el encuentro y protegerlo a toda costa con mi alegría, la palabra "culpa" se asomó para darme un susto que ya conocía. Entrelazada con la niña, aún insegura y en busca de aprobación y reconocimiento, decidí respirar y emprender la hazaña de estos ojazos que hacían que toda mi vida valiera la pena.

Miré el reloj de nuevo y me di cuenta de que la hora pautada ya no existía. Habían transcurrido unos minutos. Ya eran las seis y media, esa hora ya no volvería jamás.

Debía entonces pensar en el presente inmediato y sus alternativas.

Los antiguos demonios construidos por mi mente comenzaron a rondar. Decidí no darles de comer para mantenerme en la verdad de aquel único momento que transcurría.

Al no engañarme y poder confrontar la verdad, sabía que mi único miedo era la posibilidad de encontrarme con la Maga y tener que darle una explicación. Cada segundo era aterrador por ser verdadero.

A ratos me confrontaba diciéndome: "No hay nada que ocultar. No estás haciendo nada malo". El síndrome de Estocolmo hacía de nuevo de las suyas desde ese pasado imborrable. Pero ya no había raptores en mi vida.

Yo era la única artífice de encarar mi responsabilidad, así que me planté con mi porte de mujer segura y continué a la espera de mi portador de estrellas.

Caminé por unos minutos alrededor de la antigua casa. Observé con atención cada detalle bien dispuesto y que, en esencia, hacía del lugar un sitio energéticamente muy especial. Velas que eran encendidas día y noche estaban apostadas en cada escalón o estante de piedra dentro y fuera de la casa. Los recipientes que contenían el agua potable para los huéspedes tenían una suerte de tapón hecho de cristal que dejaba llevar luz al preciado líquido. Las esculturas eran simples piedras en orden de tamaño, que mostraban el equilibrio perfecto para sostenerse.

Fuentes llenas de agua que corrían y que lograban una sinfonía melódica muy natural. Atrapa sueños colgantes adornaban cada rincón y hacían sentir a las arañas felices de su vivienda.

Pude andar a mi paso acompasado y cerrar los ojos que comenzaban a mirar internamente, disfrutando de la maravilla de empezar de nuevo y ver lo externo como una creación de lo que yo más deseaba. Estoy cambiando y ya no me acuerdo.

Solo me saboreo el temblor de mis piernas y el aroma de mi alma.

Internamente, una mujer repleta de colores y caminerías. Comencé a entender la palabra destino y las ganas de vivirlo. Estaba alerta, despierta. Ahora nada ni nadie podía quitarme la sensación de pisar con mi corazón.

Comencé a descender la pequeña colina donde se mostraba la casa. Un vez más, el bello paisaje me recordaba una y mil veces el instante preciso cuando el alma se quiere dar la oportunidad de cambiar, como la primavera.

Un pequeño jardín servía de ornamento a un estanque repleto de peces. Al verlos, me pregunté: ¿cómo pueden sobrevivir al invierno y al agua solidificada? Me imaginé cómo sería estar allí, sin pensar en nada, solo vivir a la espera de un cambio para seguir en la vida. Me dejé llevar por miles de preguntas sin respuestas. Eran solo peces, nada más. Esperaban el cambio de estación para poder alimentar la vida del agua. A medida que avanzaba y disfrutaba mi caminata a solas, observé con detenimiento el azul del cielo. En el camino me topé con un árbol cargado de manzanas. Tomé dos. Una para mí y otra para mi niña. Me agrada la idea de darle regalos a mi niña de vez en cuando. Esta chiquilla sale de paseo cada vez que ambas lo deseamos. Nos divertimos muchas veces haciendo travesuras. Le gusta el helado y dejo que baile hasta el cansancio.

Así, con ella en calma, la mujer adulta se ocupa de los asuntos importantes y ninguna de las dos interfiere con la otra. Es mi responsabilidad abrazarla para que descubra el verdadero camino del amor, sin dejar que sienta miedo cuando no hay afecto. Ella va nutriendo el hogar de la adulta que poco a poco ha ido construyendo su hogar. Desde aquí vamos entendiendo que, en la búsqueda de un salvador, nos vamos encontrando con los sanadores que somos con nosotros mismos. Cuando pude ver mi vida con alegría, gratitud y respeto, todos –sorprendentemente– me hicieron muy feliz.

Me había perdido en el tiempo y comenzaba a sentir el frío en mi rostro. Aún así, mi corazón se mantenía tibio, pleno de estaciones, cada una dispuesta a dar paso a la otra. Todo a su debido tiempo. Levanté la mirada y vi un inmenso maizal a pocos metros del camino. Me embrujó la idea de convertirlo en escondite, donde encontrarme con mis propios deseos. Me apresuré para tocarlo y observarlo. Caminé y me adentré por largo tiempo dentro de ese campo relleno de tallos fértiles. Toda la tierra está llena de milagros. Pero al mirar el maíz tan de cerca tuve sensaciones nuevas y emocionantes. Nunca antes había caminado dentro de tal estampa.

La forma y disposición de cada pequeño grano, protegido por la barba de sus hojas, el orden, la secuencia perfecta. Miles de ellos me rodeaban. Todo me hizo entender que el cielo estaba en la tierra. La manifestación de lo más grande se pierde al no estar despiertos.

Tal vez lo único que me estaba pasando era que había comenzado a estar viva y, de una manera tan consciente, finalmente todo a mi alrededor dejó de ser común: cada cosa era magia ante mis ojos. Al punto que mi caminata se me convirtió en un viaje sin retorno. De repente me sentí como en un laberinto improvisado por la tierra. Y aunque disfrutaba aquello con serenidad, me preguntaba: "¿Quién sabrá dónde estoy ahora?". Imaginé a mis seres queridos: ¿Qué estarían haciendo ahora?

Cerré mis ojos, me abracé con fervor a las plantas dueñas del fruto para sentir la capacidad de expandir mi deseo de amor a los míos. La intención era suficiente. Les dejé saber que estaba donde quería. Sabía que esa paz era suficiente para acallar los pensamientos y las historias que siempre se repiten para torturarnos. Somos uno desde el principio de saber que estamos juntos y conectados.

Así, la travesía se llenaba de conexiones cósmicas e infinitas. Me sentía tan feliz que pude sorprenderme en un espacio extraño y poco conocido, debía confiar. Si yo estaba feliz, los demás también lo estarían… O tal vez no. De esa forma también tenía que estar bien. Miré de nuevo el maizal y recordé el *Popol Vuh* y los platillos que adornaban la historia culinaria de los indios de América. Sentía las manos del agricultor y su magia de sembrar, para luego recoger la cosecha. La sabiduría de la mujer, conocedora de las semillas, símbolo de la fertilidad en la tierra, dadora de vida.

Esa tarde de tanto camino, sol y regalos pude entender algo básico y poderoso: ninguna semilla tiene final. La vida trae siempre más vida a través de ella.

Con este sentir, profundo y sencillo a la vez, comencé a salir de aquel laberinto universal que, sin querer, me había invitado a adentrarme en las fuerzas de la vida y sus verdaderos caminos. Envié bendiciones a mis semillas: mis hijos y a la gente que me ayudó a crecer (a pesar de mi dolor), a cada una de las personas que herí en el camino sin saberlo. Descuidada conmigo, la ceguera había sido mi herramienta de crecimiento por mucho tiempo.

Dentro de aquellas imágenes maravillosas, una en especial saltaba a mi mente: quería ser una mazorca tibia, bañada de mantequilla, ya lista para ser devorada por aquel hombre que aguardaba hambriento por mí. La sola posibilidad de que desgranara poco a poco mi cuerpo hacía que el tiempo pasara con más lentitud.

"Buscando el cruce"

A lo lejos, en la cuesta, pude notar por el ruido una pequeña motocicleta. Se aproximaba por el camino que conducía hasta la casa que nos daba techo. Poco a poco la estampa empezó ampliarse. Cuando se detuvo delante de mí, supe que la velada había comenzado de forma sorpresiva al darme cuenta que era el propio caballero que esperaba. Parecía un quijote moderno. Era todo un personaje extraído de una tira cómica y, aun así, me emocionaba la situación de pertenecer a aquella historieta. No pude contener la risa. Él también me brindó su sonrisa como si fuera un sol que recién despierta, y sin que mediara una sola palabra, me hizo subir a su caballo con motor y partimos. Ir abrazada a su cuerpo se sentía como una bendición. Sentía un aire de libertad, mientras el paisaje nos abría un sinfín de posibilidades inesperadas.

Cerraba mis ojos y podía sentir las sutilezas de la vida en el viento helado que acariciaba mis mejillas. "¿Cómo se puede poner todo esto junto?" –me preguntaba–. Me sonreía con el Universo, que otra vez me regalaba un nuevo camino detrás de una puerta tan sencilla y, al mismo tiempo, bendita.

Experimenté la luz de la tarde como algo único. "La hora violeta", como la llamaba la Maga, donde todo se transmuta, las montañas, la soledad de la tierra llena de alimentos en expansión. Me sentí sagrada. Levanté una oración al cielo que nos cubría y dije:

—¡Gracias, madre!

Esta era la verdadera puerta al Universo. Yo misma era la llave, estaba buscando la forma de encontrar la puerta. Las lágrimas recorrieron mi rostro sin poder evitarlo, pero esta vez eran diferentes; las podía saborear y degustar como si fueran un manjar, sentía mi cuerpo en la tierra y por primera vez listo para entrar en la verdadera espiritualidad.

No dejaba de pensar en la Maga, le agradecía por haberme mostrado la ruta; estaba con ella y eso quería decir que la misma magia cubriría todo y para siempre. Sentí mucho aprecio por todos los caminos que en algún momento tomé, por las personas que me acompañaron y, en especial, por aquello que nunca funcionó, pues me mantuvo siempre en la búsqueda.

De la nada y en el medio del corto trayecto de mi gran aventura con mi caballero, todo se completó dentro de mí y tuvo sentido. *Solo debía dar gracias al Todo.* La delicia de la brisa me hizo caer en cuenta del estado de comunión en el que me hallaba. Sentía la palabra fundirme en comunión muy de cerca. En el trayecto, de apenas unas millas, mi cuerpo –aferrado al de él– se dejaba volar en sus ganas de estrecharlo. Sin expectativas, planes o acuerdos, me prometí tan solo pasarla bien.

Vivir solo el presente, el bendito momento que estaba delante de mí; ya no más *pasado* ni tampoco *futuro.*

Cuando un camino se construye de verdad, se hace entre el hola y el adiós.

Ese espacio, con conciencia, es el más maravilloso que existe cuando está por descubrirse, pues te permite alejarte de las heridas, del abandono y nos evita poner una carga extra a los sueños y expectativas que tenemos; los cuales, por lo general, nunca se cumplen.

Finalmente arribamos a nuestro destino. El frío me cubría el alma. Mi nariz estaba helada, en total contraste con el resto de mi piel. Nada de lo que llevaba puesto era apropiado para la estación y mucho menos para un paseo en motocicleta. Sin embargo, pude celebrarme sin mucha queja y disimular el frío que me comía. Aquel hombre me veía con una dulzura conmovedora. Sabía que mi sonrisa venía de reconocer la verdad. Estaba congelada y entumecida.

Una típica casa suiza, con sus techos labrados en formas de ondas, era el comienzo de lo que podía observar. Frente a esta se podía ver el establo con sus maquinarias, todavía calientes después de finalizar la labor del día. Era toda una experiencia observar los animales, en especial las inmensas vacas con sus cencerros, cuyos sonidos parecían ecos del pasado. Se podía divisar aún el sol que pretendía ponerse en el horizonte, sabiendo que en cualquier momento cedería su espacio a la noche y lo que en ella se oculta.

Me tomó de la mano y me ayudó con mi chal. Me condujo a la entrada de la casa.

En la antesala de la puerta estaba un estanque antiguo donde los animales tomaban agua y que había sido transformado en un objeto decorativo; ahora era una suerte de pequeña fuente. El sonido de sus gotas, que hacían ondas en la superficie, me dejaba hipnotizada y perpleja por completo. Eran como portales divinos que estaban a punto de ser traspasados.

Gentilmente abrió la puerta y, con mucho tacto, me invitó a quitarme los zapatos.

Cuando pudo hacer lo propio con su calzado, mi mirada estuvo entretenida por un rato al ver cómo y con qué delicadeza alineaba los míos al lado de los de los suyos.

Luego me miró fijamente y comentó entusiasta:

—Hay dos puertas y un camino. ¿Cuál te gustaría tomar?

Nunca antes había recibido una propuesta tan enigmática y tentadora.Así supe de mis dudas y de mi miedo a equivocarme una vez más. Cerré los ojos. Con voz sutil, le dije:

—La derecha.

Mi caballero sonrió como si mi opción fuera la respuesta que estaba esperando. Me preguntaba qué habría en la puerta de la izquierda. De inmediato, él susurró a mi oído:

—No esperaba menos de ti.

Entonces me dije: "hay que seguir".

Se entreabrió la puerta. Poco a poco me transporté a los textos de *Las mil y una noches*. El olor a "myrrha" me arrastraba a un infinito que sabía estaba en mi alma y actuaba como un bálsamo. Un aroma que era toda insinuación. *¿Perfume o medicina? ¿Aroma sensual o droga? Myrrha.*

Mi cuerpo sospechaba los pasajes llenos de aquel aroma. Aun así seguía deleitándome del aire y su hechizo.

La música que rebotaba en el aire evocaba la poesía de un rumí y sus danzas sincronizadas en la tierra con el cosmos y sus fervorosos derviches. Velas bailadoras.

Cojines elaborados de las más finas sedas y alfombras que hacían volar mi imaginación prefiguraban el trayecto para avanzar hacia otra dimensión. Se podían escribir historias de amor, adulterio o, simplemente, narrar novelas de caballería y relatos de crímenes pasionales. Una escena detrás de otra donde mi espejismo estaba en conjunción con el aroma y la mujer. Cerré mis ojos y pude sentir la presencia de *Scheherezade*, la cual hacía todo más cercano a sus historias para aferrarse a la vida. La cama o lecho se asomaba en un rincón y, entonces, aquel lugar me pareció un palacio, una especie de tienda árabe donde los mil mitos de las mil y una noches se podían reeditar para hacer una nueva versión actualizada de aquel libro infinito que seguía escribiéndose con mis vivencias.

Traté de ajustarme a la situación para no mostrar mi cara de asombro y fascinación.

Él me pidió que me pusiera cómoda en cualquier lugar de la sala. Fui recorriendo el espacio hasta que me ubiqué cerca de una mesa que estaba a ras del suelo. Lo sagrado aparecía en expresión de manjares: dátiles, frutas, piñones y galletas para los comensales con infinitas especias, todas nuevas a mi olfato y paladar. Dos tazas permanecían a la espera del té. Su aroma invocaba al Medio Oriente. De pronto imaginé que sus vapores se levantaban para susurrarme al oído los misterios de lo invisible. La magia en la unión de dos personas.

Por un instante me quedé sola. Me dijo:

—Estás en tu templo, siéntete cómoda.

Volví a sentirme libre de seguir detallando el espacio. La espera duró unos minutos.

Sonidos que venían de la cocina me dejaban saber que algo se ponía en orden. Me incorporé del suelo para dirigirme a una mesa alargada detrás de una pared. No era fácil de divisar. Allí me detuve para darme cuenta de que no era una mesa, sino un altar sagrado. Me quedé sin habla, paralizada ante el mundo espiritual que estaba delante de mí. En los años cansados de la búsqueda, me aferré a tantas cosas que, poco a poco, fui descartando todo hasta quedarme sin nada. Parecía que lo que boté a la basura en ese tiempo, regresaba para estar de nuevo frente a mis ojos. Una fe pospuesta aparecía en una diversidad de creencias, energías, religiones y sensaciones que no podía definir. Por un segundo pensé que había caído en una trampa. Me sentí tan mal que casi me desmayo. Recordé mi rabia y cómo había ido dejando de creer en todo porque nada funcionaba para mí. La música me seguía mareando con el danzar de las velas. El aroma del incienso me hacía recordar que era un símbolo de honor y respeto hacia los dioses, pero también parte del ritual en los sacrificios. Los dátiles milenarios también me sacaban del momento presente. Tuve que frotarme los ojos y guardar la calma: aquella contrariedad era tan real, que tenía miedo de que la magia y la ilusión se esfumaran ante mis propios ojos.

Cuarzos, plumas y flores rodeaban la imagen del maestro Jesús; su legado y lo evidente en el camino al corazón. La presencia de Gautama Siddartha, el Buda; la maravilla de lograr observar con atención y ecuanimidad total la conciencia humana a través de su propia conciencia. Observándose a sí mismo, llegó a conocerse. La Madre Tara, el *Buda femenino* de la sabiduría y la compasión activa. Shiva Kriya, a quien se le otorgara la instrucción más elevada de la humanidad para cumplir con su propósito, alcanzar la conciencia cósmica. Una hermosa efigie de la amada Kwan Yin, diosa de la misericordia y del amor, capaz de traer la llama de la comprensión y de la misericordia desde el mismo corazón de Dios.

Krishna, que nació en una prisión; las enseñanzas de cómo Dios tuvo que encarnar y presentarse en la oscura y angosta casa-prisión de nuestros corazones para que podamos obtener luz y ganar la libertad. *Ah, los ojos ardían y el corazón se abría.* Lakshmi, venerada en la India como la diosa de la riqueza y la belleza. Se cree que quienes la adoran conocen la felicidad inmediata. Normalmente se le representa con su pareja Vishnu, el conquistador de la oscuridad. Como manifestación sagrada de todas las formas de prosperidad, ella es quizá la diosa más popular de todos los dioses y diosas hindúes.

Por último, estaba la imagen del gran Maestro Ramana Maharshi, un importante religioso hinduista, uno de los más conocidos del siglo XX. Pertenecía a la doctrina *vedanta adwaita (no hay almas y Dios, sino que las almas son Dios)*. El núcleo de sus enseñanzas fue la práctica de atma-vichara, la indagación del alma.

Esta imagen en particular me marcó al instante como una centella fulminante. Era la máquina del tiempo y sus causalidades. Hacía muy poco tiempo había estado en Costa Rica en un retiro. Su foto estaba en un lugar entre libros, colocada de tal manera que se entendiera su presencia como algo importante. Lo miré cada vez que pude. Cada mañana y cada instante que estaba en silencio me perdía en sus ojos y me gustaba la sensación de conectarme con la fuerza de su energía, apacible, grande y humilde.

Nunca supe quién era, lo importante era lo que mi corazón me dejaba saber en aquellos instantes. Luego comencé a indagar sobre su existencia y encontré esto que me ha marcado desde aquellos comienzos: "¿Por qué te ocupas de dioses que van y vienen? ¿No te has dado cuenta que los mantras, los rituales y la oración son excelentes hasta cierto punto? Llega el tiempo en que se tiene que abandonar todo eso. Solo cuando has dejado todo atrás, incluso a los dioses, es cuando logras la visión sin principio ni fin, la visión del Ser Supremo".

Pues ahí estaban casi todas las imágenes que pertenecían a mis luchas. Sobre un altar en una casa de un desconocido que parecía el espía de mi pasado. ¿Dónde estaba? ¿Quién era este hombre? ¿Tendría la Maga algo que ver con lo que estaba presenciando? Regresé a los cojines, recosté mi alma en la pared, estaba aturdida. Los cabellos libres aparecieron con el agua humeante para las yerbas que eran besos de la tierra. Nos quedamos en un silencio que cortaba. No podía hacer mucho, solo entregarme a mis deseos ocultos de todas mis vidas. Aquel lugar sagrado, lleno de enigmas, me acogía y aquel hombre me hablaba desde la esencia sin decir una palabra, solo con sus ojos metidos en mi vida. En aquel espacio de silencio no cabía ninguna pregunta. Cualquier comentario inadecuado hubiese acabado con aquella maravillosa conexión. Era imposible poner en palabras. En un segundo, el espacio comenzó a estrecharse. El tiempo se hizo completo con estas dos personas que compartían caminos y cielos. Eran dos espíritus que se entendían de tal forma, que les bastaba una simple mirada para sentirse indivisibles. Vidas pasadas que, tal vez, se escondían en la luz de unas velas danzantes, unos dátiles y un rumí que seguía a la espera de su Shams de Tabriz.

A ratos le miraba sus largos cabellos ondulados por la luz que los iluminaba, su tez morena tostada por el sol de los desiertos. Eran como un oasis a la vista de quien siente sed de amar. En cualquier momento podía naufragar en su boca. Sus labios eran un océano en plena tempestad y yo temía perder mi navío en aquella tormenta. De pronto, el techo que nos cubría se abrió en ventanas hacia el cielo, las velas comenzaron a parpadear y el tiempo se esfumó. Las imágenes parecían que cobraban vida y yo solo pude inclinar mi cabeza. Con una voz dulce como la miel, me dijo:

—Mi corazón es tu casa.

Me cubrió con una manta plateada estampada de estrellas. Yo era entonces la que contaba las historias en mi alma para poder sobrevivir. Rumí y Shams subieron al techo conmigo. Cerré los ojos y pude reposar mi cabeza.

No sabía dónde, pero la palabra era de Dios. Sabía de la presencia divina por el trabajo, por el oficio que uno hace con tanto fervor y respeto. También sabía que la puerta a Dios eran los padres y el camino a Dios la pareja: los opuestos, la completitud y los espejos.

La Maga y sus aprendizajes... Era imposible que no la recordara en ese momento de estrellas. La música; los velos; los altares; las estrellas y el amado ahora me habían llevado de la mano y me mecían como olas en el mar. Me perdí. Me entregué, y aun así sabía lo que era usar mi propia magia. La sensación de amor, protección y el espiral de la vida se juntaron y me sentí aquietada por una suerte de mecedora de largos brazos que buscaba solo calmar mis huesos y mi mente. Borré el tiempo, me convertí en presencia. Ondas de nuevas sensaciones comenzaron a llegar. Trataba de no asombrarme. Quería dejarme sorprender por lo maravilloso de ser mujer. Estar tan presente, sin historias, me daba la sensación de experimentar una paz diferente junto al amado. Pronto abriría los portales y conocería de la unión a otro nivel.

No quería cuestionarme acerca de la verdadera espiritualidad, sabía de la morada de Dios en la tierra. El espacio que él habita entre un hombre y una mujer. Era momento de ceder a los enigmas de la piel. De modo que me consagré al silencio y sentí mi cuerpo que se disponía alcanzar lo absoluto fuera de él. Comencé a conocer su casa, la que él aseguraba era mi corazón. Compartimos el té a ratos de la misma taza. Quise hacer una pausa y preguntarle el contenido de tan maravilloso brebaje. Me negaba con la cabeza lo imposible de revelarme el secreto milenario del contenido de la pócima. Insistí en mi curiosidad. Entonces accedió a compartirme el anhelado secreto que debía guardar.

—El contenido del té se basa en unos ingredientes traídos directamente de los países árabes —comentó—. Cuando las mujeres están listas para dar a luz y logran el acto de la vida, la delicia del milagro aparece para los que visitan al nuevo miembro de familia. Preparado por las mujeres sabias y mayores, todos deben compartir a sorbos para celebrar el reciente alumbramiento. No puedo revelar sus ingredientes con exactitud —exclamó—, ya que el que estamos bebiendo en este instante fue un obsequio de mi propia abuela. Ella es capaz de curar almas solo con este brebaje. Sin embargo, puedo asegurar que contiene: nuez moscada; canela; jengibre; anís; clavo dulce y algunos otros que no recordaba. Luego agregó:

—El ingrediente secreto más importante son los trozos del árbol de la vida, el único que logra vivir en el desierto y se resiste ante las inclemencias de la naturaleza y el tiempo. El cuento me transportaba. Anhelé conocer a la sabia mujer y sus manos mágicas. Cerré mis ojos y le di las gracias disfrutando de la velada y sus secretos. Todo tenía los requisitos para llamarlo el ritual de la vida.

El amor ya en puertas, justo y digno. Nos intercambiamos los dátiles cruzando los labios llenos de historias y relatos ancestrales. La dulzura y suavidad eran tan eróticas que era imposible no sentir cómo el ambiente y la tienda repleta de cojines sobre las sábanas de aromas aguardaban nuestro encuentro. Cierro los ojos y puedo revivirlo todo. Lo revivo en este instante, se mete la noche en mi piel y me llevan los aromas…

Me dejé acariciar por su aliento. No había nada en la oscuridad de las velas que no vieran sus ojos sedientos de mi fuente.

Con mucho cuidado corrió los velos de una puerta que apenas mostraba su entrada para llevarnos a *Él*. Me dejé transportar en sus brazos.

Tumbados en la tienda de las mil y una noches, deslizó su mano a través de la manta de estrellas y me besó. Luego hizo una pausa muy aguda para mi alma y me dijo:

—Descansa en tu casa. Yo aguardo por el corazón.

¿Puede uno llegar a estar embriagado de cosmos? ¿Sentir lo *divino* fuera de la eternidad? Reposada en el almíbar de su presencia, lo guié con mis manos y mis labios a cada rincón oculto que debía ser explorado por otra piel que no fuera la mía. La música, el incienso y el árbol de la vida eran los testigos de lo que dejábamos que ocurriera. Los sonidos retumbaban en las paredes del templo y hacían eco en la luz de las velas.

Quise borrar el espacio, el tiempo y dejarme llevar. A ratos el cansancio del alma me despertaba y él estaba allí, mirándome y lamiéndome con su corazón. Sus ojos me decían que quería hasta el último trozo de lo que yo quisiera ofrecer.

Me asaltaban los sueños y sus historias, que intentaban tocar mi puerta para llevarme de nuevo al foso de mi pasado. Sabía que este hombre no se podría derrumbar sobre mis dudas o mi pasado. Solo esperaba ser invitado para sentirse uno con Dios. Fue una noche de pausa espiritual y así pudimos encontrar la furia de la piel. Nos fundimos. El placer nos hacía invocar la palabra sagrada: *unión*. Palabra hecha realidad cuando es alianza del todo con el Todo.

Estoy toda húmeda y guardo un calor que ahora él busca dentro de...

Noveno camino

"La oscuridad de la luz"

Amaneció. El sol cubría apenas con tenue luz los cuerpos llenos de placer, fundidos en la delicia de la plenitud.Ya no éramos los mismos. La noche había hecho su magia y nosotros no fuimos la excepción. Me envolvió con sus brazos de luz que hacían brillo en mis ojos. Acercó un sorbo de té caliente a mi boca. Bebí el amor en aquel brebaje mágico. Entretanto, me dijo:

—El agua para tu baño ya está lista.

Qué delicia de camino había ganado o, al menos hasta ese momento, parecía la vía al Sol sin riesgo a que mis alas se derritieran. Sin embargo, a cada instante hay que instruirse. Mientras más nos abrimos a las esperanzas de cantar victoria, deberíamos pensar en la posibilidad de los aprendizajes, experiencias y ser humildes mientras transcurren las lecciones de la vida y lo que nos toca aprender. Desde este lugar es que sabemos del poder y sus dimensiones.

Sabía que siempre había sido una mujer especial, pero reconocerme en todo aquello que siempre me supe merecer me hizo sentir extraña. Tomó mi mano y me ayudó a incorporarme para salir de la tienda de las mil y una noches, que aún conservaba las sábanas tibias. Todo tenía aquel aroma.

Al entrar al baño, me quedé perpleja al ver la tina llena de agua humeante. La fragancia que esta despedía me obligaba a seguir en la sensualidad de la noche que nos enrumbó al amanecer. Los colores de los pétalos de rosas flotaban en el agua como paleta de pintores.

No era un sueño. Era real. Ahí estaba el guardián de mi alma y mi cuerpo había dispuesto su tiempo y energía para llenarse de natura y cultivos.

Me ayudó a sumergirme en el agua tibia lentamente. Fluir, líquido, la esencia. Una vez allí, cuando me sentí relajada y en total calma, cerré los ojos y dejé que mi estuche flotara. El sultán de tiempos remotos se fue aproximando poco a poco. Luego de un beso sutil, húmedo y lento, me dijo:

—Me gustaría mostrarte las marcas que hacen la ruta de mi vida, quiero que las veas en la luz.

Me contuve. Me sentí extrañada y desconcertada por tal petición. No podía moverme, mucho menos parpadear.

Se quitó la bata blanca de paño que lo cubría y la dejó caer al piso. Así reveló las cicatrices que sepultaban su piel sesenta por ciento. Todo el lado derecho estaba tallado por marcas del fuego y su ardor al quemar la extensa piel. Se mostraba ahora un color insólito, derretida, arrugada, plegada en lo que las llamas estamparon para siempre sobre la cubierta. Comencé a reflejarme en él como si sus heridas fueran las mías.

Al mirarlo fijamente sabía que lo estaba haciendo con mi propio cuerpo, el que había rechazado tantas veces. Resultaba absurdo conocer la razón o el motivo de aquello. Sostuve el silencio.

No quería intervenir en aquel momento con ningún tipo de comentario o pregunta que se hiciera sentir fuera de lo normal. Muy a pesar de lo que estábamos viviendo, ya era algo difícil no sentir compasión y un poco de lástima por mi caballero de cuentos.

No había espacio para nada. En mutismo absoluto recorrí cada detalle del mapa de su físico. No me atreví a pronunciar palabra. Él me miró y entendió mi mudez.

Luego vino la lección que terminaría de sacudir mi camino.

Se acercó a la tina y próximo a mí con mucha ternura me dijo:

—Me gusta el amor con el que logras verme. Espero que algún día sientas la misma compasión por ti.

El silencio era mi enemigo.

El comentario de mi gentil hombre con su armadura terminó de aplastarme sin clemencia. Se incorporó, tomó la bata blanca de paño que aún seguía en el suelo y, una vez cubierta el alma, se dispuso abandonar el recinto del baño. Había una herida que se estaba abriendo y parecía eterna. No ubicaba dónde estaba lo que me terminaba de partir en dos. Me quedé asombrada por un rato. Sin embargo, lo que lograba reflexionar o entender no venía del exterior. Mis lágrimas eran ya los aguijones de las rosas que siempre traté de evitar. Era cierto: sentía compasión por los demás, pero no para conmigo. Era una lección lo que estaba comenzando. La capacidad de tanto amor hacia los demás me dejaba siempre con la piel y el corazón calcinado. No podía haber un amor honesto que no comenzara por mí. Me sentí extraña en un mundo que no conocía bien. Tomar conciencia, dejar de ser la tonta, era el aprendizaje que ahora debía practicar con prudencia. ¿Todo nuevo o todo de nuevo para hacerlo diferente?

Transitaron largos minutos donde, sentada en la tina, los pétalos me hablaban de la belleza en silencio. Me fui incorporando y alcancé la toalla que estaba cerca de la pared de la tina. Me asomé al espejo y a la imagen de mi rostro. Me observé largo rato, veía rostros que cambiaban una y otra vez. ¿Era yo? Cuántas estábamos en el espejismo de la realidad.

Fui cuidadosa y bondadosa con él al recorrerlo y admirarlo en cada detalle que antes rechazaba. Agradecía mi piel, piernas y todo lo que las manos eran capaces de alcanzar. Salí del cuarto de baño y, al mirarlo fijamente a los ojos, sentí que ambos teníamos el afecto en nuestro ser. Nos abrazamos por largo rato en mudez. Nos regocijamos en el espacio y el respeto.

El ahora caballero con espada atenta esperó por mí hasta que estuve lista para regresar. Había complicidad en las miradas. Cada mano se encontraba con su opuesta por la gratitud y honestidad de ambos. Me miraba con la misma compasión que me hacía falta de mí misma y nunca me había procurado. En realidad duele más el amor que se desconoce que el golpe habitual del desamor.

Me acerqué a la puerta y una vez más me balanceaba como la vida, sentía todo en un justo fluir, todo se había fundido conmigo y sentía que yo me moldeaba con todo.

Ahora tendría que avanzar hacia el *próximo paso*; el que siempre decide lo que debe permanecer, continuar o finalizar.

Ya de regreso en la casa antigua, todavía la neblina hacía honores al paisaje. El rocío de la mañana no dejaba levantar la luz en las montañas, que adornaban el recién llegado día. Serenidad, placidez y disfrute adornaban el camino para ambos.

¿Qué era lo que estaba cambiando? ¿Cómo era que cambiaba todo? Preguntas y más preguntas. Me detuve y me dije:

—Si algo está cambiando, no tengo por qué saber qué fue o cómo, solo cambió.

Lo que podía sentir cerca de mí era mi vida con su cuerpo y un propósito que se asomaba para darme un alerta.

Existir con la experiencia de lo vivido me llevaría a conocerme más. Estar delante del otro hacía que me conociera en lo más oscuro, pero esta paz, que era bendita, me hizo sentir plena ante la vida y mi búsqueda.

Lo esencial ya estaba pasando dentro y fuera de mí. Comencé a apreciar la diferencia de los amores tormentosos contra los sutiles y los pocos apasionados. Comencé a rememorar al hombre que me había marcado el alma y la piel por tantos años.

Todo transcurría muy rápido mientras seguíamos camino a la casa. Era inevitable revisar las cuentas y comenzar a hacer un ajuste interno entre las ganancias y las pérdidas. ¿Había pérdidas?

Entonces, la palabra "amor" comenzó a desfilar ante mis ojos para conocer su significado real. Era imposible no recontar la misma historia que muchas veces debía repetirme hasta el hastío. Una vez más, mientras transcurre el tiempo y la llegada a la casa, me pierdo en pensamientos de lo pasado y, por qué no, sanado.

El hombre, mi compañero de camino. El "grabado de alma" como quiero llamarlo.

Cuando nos conocimos, ya cada uno cargaba con divorcios; rupturas; abandonos; engaños y *pare usted de contar.*

Una pareja de hijos por cada lado y la esperanza de armar una familia que anhelábamos con todo nuestro corazón.

Nos rozamos en la piel y en el alma en una fiesta de una noche calurosa. El anfitrión de dicho evento era nada más y nada menos que el *destino,* cosa que era imposible de vaticinar. Sin embargo, cuando el amor te arrastra por los cabellos, te deja sin opciones y no hay más nada sino que sucumbir ante el hecho. Los vacíos precisos hacen su aparición y pretendemos, desesperadamente, llenarlos desde afuera. No obstante, nada más imposible que negarle a la vida su paso y su aprendizaje; esto es lo único que pude experimentar y sigo viviendo de este amor. La idea de mantenerse en pasión tiene que ver con la capacidad de descubrirnos a diario con el otro.

El "grabado de alma" tenía los cabellos blancos como el amor que toda mujer desea tener en estado de pureza. Habíamos emprendido una vida al descubierto; la mayor revelación y transformación que tuve que vivir como mujer, al menos hasta este momento. Enamorada a ciegas, llena de vacantes y con anhelos de perfección, comencé a darme cuenta que este amor estaba lleno de pocas cosas válidas.

Llegaba a ser la historia repetida de lo aprendido desde lejos, lo de casa, la cotidianidad de la niña que crecía haciendo trueques emocionales para sobrevivir una y otra vez.

La vida y el tiempo que nos esforzamos en construir, solo se lograba a través de los placeres ilimitados de la piel vacía de alma. Sexo, sexo y sexo. Nos obligábamos a entender que uno debía amar al otro a como diera lugar. Nos empeñamos en la perfección que ninguno entendía. Descuidamos la verdad de lo interno de cada uno, para no caminar lo que era necesario dentro de la relación. Discapacitados de todo, comenzamos a gatear, confundiéndonos en el riesgo de caer más y más abajo. Así llegamos a vernos a los ojos de vez en cuando. Luego de la euforia, los insultos, la violencia y el irrespeto, terminábamos haciendo el amor de nuevo para sacarle a la piel lo que debía perder en cualquier momento. Al terminar la barbarie emocional, nos mirábamos tan perdidos y heridos, que todo se traducía en llanto, en la locura del perdón ajustado a la culpa. Estábamos inutilizados y a esto lo llamamos "el amor más grande sobre la tierra".

Nuestras actividades, el trabajo, las relaciones con la familia y los amigos entraron en la etapa de peligro. Ya nada tenía sentido y la rabia era la compañera de ambos.

Fuimos aislándonos lentamente con la excusa de proteger nuestros miedos. Todo comenzó a estrecharse y a ponerse muy angosto. El sufrimiento de una relación llena de desconfianza e inseguridad terminó por apoderase de nuestro camino.

Siempre fui una mujer inclinada a ser infiel, desleal y muy quejosa. Las preguntas siempre fueron: ¿Dónde está lo que me hará feliz? ¿Qué me haría feliz? Sabía que ningún hombre que pudiera compartir la vida conmigo era suficiente. Nunca pude ser leal al compromiso que significaba una relación. De esta manera, me aseguraba la distancia que nunca me dejaba conocer el amor y sus caminos. Ser traidora era una buena salida para saberme inválida en todos los sentidos. Lo que menos toleraba de mí eran dos cosas: la primera, verme descubierta una y otra vez en lo que quería hacer; la segunda, la victimización de lo que había hecho. Saltaba de las búsquedas a las culpas. Así se construía mi exploración cada vez que buscaba el amor que no estaba aún dentro de mí.

Las mujeres no somos monógamas y el hombre lo sabe. Nuestro poder interno es tan maravilloso y poderoso que, antes de aprovecharlo a plenitud, nos *convencemos* en ser las víctimas de todo lo que sucede a nuestro alrededor, incluyendo los asuntos del corazón. Nos gusta un hombre de poder y a ellos les hechiza una mujer de autoconocimiento, sabia, guía y, sobre todo, muy mujer. Sin embargo, por vivir en ese permanente vacío, no sabemos apreciar la diferencia entre amar de forma íntegra o ser libres; preferimos hacer responsables a nuestros hombres de la desdicha que nosotras mismas nos hemos procurado toda una existencia. Nos llena de placer ver cómo un hombre se confronta con el otro por el territorio y su hembra. Lo consideramos un acto sensual y seductor. Nos gusta que nos hagan el amor: si tenemos que fingir un orgasmo, lo hacemos. Quedamos totalmente vacías de alma, pero le hacemos creer al hombre que nos ha hecho muy felices, cuando en verdad lo que queremos es que *el semen del macho sea de mi propiedad para que ninguna otra hembra lo tenga.*

Es preferible agotarlo para que incluso, llegando a la otra, llegue debilitado.

Medito en profundidad, visito a mis abuelas en otros planos. Mujeres poderosas, hermosas y fértiles. Me agrada sentir que fueron grandes seductoras y mujeres deseadas. Nunca me creí aquello de que todo era tejer en una mecedora mientras miraban el atardecer con ojos de corderito.

Toda mujer tiene un poder maravilloso.

Las mujeres verdaderamente inteligentes nunca renuncian al amor en cualquiera de sus formas.

Poseemos dos corazones, el femenino y el masculino. Tener esta energía integrada hace que estemos conectadas con nuestro poder interno y, aun en guerra, calmemos al hombre más fiero. El hombre busca guerras externas pues desconoce a la internas. La mujer calma las guerras externas, ya que sabe de las internas. Poseer conocimiento de los corazones hace que nunca se seque el espíritu. Las mujeres aprenden de lo que quiere la vida, entienden de la tierra fértil y sus semillas. Se niega la búsqueda de poder usando a sus hijos para obtener belleza y juventud eterna. La mujer que se sabe mujer abandona el papel de bruja en la búsqueda de poder, y se convierte en Maga porque sabe del poder. Las Magas son capaces de amar a todas las mujeres, jóvenes y ancianas. Tienen que vivir una transformación de conocimiento para saber que hay ciertos poderes que se pueden revertir hasta hacerles daño. De ahí la mayor transformación y el camino hacia la Maga.

Por si fuera poco, quería ser la mujer perfecta en aquella desdichada relación. Quise intentar el camino de ser la mujer dedicada y abnegada que nunca pude ser.

En aquellos tiempos, regresaba una y mil veces a ser la misma niña herida y complaciente con el hombre que creí amar. En mi nueva etapa, me gustaba probar la fórmula de lo desconocido, aunque la suerte no estuvo de mi lado por no querer hacer lo propio. Ya me había herido lo suficiente, y esta vez pretendía entregar mi corazón hasta el punto de ser de nuevo un trapo, con tal de sostener mi relación. Aquellos amores necios que no mueren, pues preferimos sufrir. Debo admitir que los arañazos que procuré en variadas ocasiones no me hacían una santa.

Comencé a fundirme una vez más con el síndrome de Estocolmo. "Gracias a Dios, existe una definición para la relación que muchas llegamos a tener con nosotras mismas y los llamados amores". La relación se basaba en un detrimento lento, pero muy seguro.

Tarea dura y difícil entender que este tipo de dependencia no es el motivo para crecer juntos. Abusivo, controlador, capaz de violentarte el alma, no puede representar la pasión ni el amor. Es solo demencia.

Comenzamos a separarnos por etapas. La intermitencia se hizo rutina en nuestras vidas. Cada mes, cada semana, la relación acumulaba más desdicha. El desgaste emocional de ambos y, en consecuencia, para nuestros seres queridos, los hijos, que observaban nuestra caótica conducta que giraba en círculos, era ya insostenible. Aun así todavía aparecieron nuevas fórmulas para el irrespeto, con la creciente desconfianza que comenzó a tornarlo todo en algo muy peligroso. De igual forma, pensaba que eso era amor y que en cualquier momento nuestras vidas podrían cambiar. Todavía pensaba en algo llamado milagro, o la irresponsabilidad de pedir que algo se resolviera, mientras yo me repudiaba por la inercia y la poca decisión.

Los "te odio" se escuchaban con más frecuencia que cualquier otra expresión de ganas, y así se llenaba a diario el repertorio de agresiones y abusos. No podíamos comunicarnos, mucho menos amarnos. Los celos y la competencia mutua nos llevaron casi a la autodestrucción. Muchas veces pensé en borrarlo y algo dentro de mí me decía "eres exacta a él". Las crisis y desaciertos continuaron por el tiempo que llega a ser interminable.

Comencé entonces a sentir un agotamiento parecido a una pérdida de ganas de vivir; a sentir terror de que él me sorprendiera en *cualquier cosa* que pudiera resultar "no confiable", o que no pudiera demostrar. Dejé de ocuparme de lo básico y de mi propia vida.

Prefería que mi teléfono no sonara, comencé a encerrarme en mí misma, abandoné mi trabajo hasta que poco a poco, de forma inevitable, me fui encerrando en mi propia historia. Como muchas mujeres, lo que había hecho era inventarme un asilo donde recluirme y poder decir que *amaba intensamente*.

La relación había andado demasiado tiempo en la cuerda floja, terminó reventándose por su parte más delgada. En el proceso de ruptura, en el vaivén emocional que establecimos, buscamos ayuda profesional, pero nunca supimos cómo recibirla. Llegamos tristemente a la conclusión de que ninguno de los dos podía vivir sin dolor. Éramos adictos a esa terrible maravilla que es el sufrimiento, esa especie de narcótico que te hace sentir vivo, sin dejarte saber nunca lo que es la vida.

Lo único que hicimos el uno por el otro fue recordarnos, con constancia, la capacidad de soportar una vida que estaba siempre a punto de caer. Así arribamos al hecho de que, en cada despedida, había la posibilidad de que un tercero entrara y nos rescatara de lo que vivíamos, como al final sucedió. Luego de un tiempo prudente de silencios y distancia, cada uno pudo sostener su vida en otras relaciones simultáneas a la nuestra, manteniendo la rabia y el desconsuelo de saber que fuimos inútiles al intentar crecer y mantener lo que ambos deseábamos.

Cuando la relación fracasaba de un lado o del otro, nos montábamos de nuevo en el sube y baja del enloquecimiento. Nada parecía terminar. En el retorno de un nuevo intento, el último, decidí emprender una dirección que me sacaría definitivamente del hoyo que yo misma había cavado.

Sabiendo lo doloroso de lo que debía transitar, tomé la decisión de pedirle que lo intentáramos una vez más. Pero esta vez la diferencia para mí consistiría en estar muy consciente de mis necesidades. Tan solo quería llegar a ser auténtica conmigo misma, aunque la mera posibilidad de ser feliz y espontánea delante de él me seguía generando terror.

Me di cuenta de que le tenía pánico a la soledad, aun estando con él. Este fue el primer paso para saber entonces qué quería yo de una pareja cuando mi soledad no tenía fin. Reconocí la dimensión de mis propios celos llenos de la neurosis volátil. Inseguridad, desconfianza hasta ver cómo mi demanda por compañía acababa con todo lo que pudiera llamarse "relación".

Sin embargo, a medida que escribo esta historia, muy a pesar del dolor que pudo haber causado, debo admitir que ha sido una de las mejores vivencias del camino. La sensación de que un torrente de agua en inundación abrió nuevos canales para que fluyera todo lo posible. El dolor ya no era una opción para estar enamorada, pero tenía que sentirlo para aprenderlo. El sufrimiento no es necesario, hay que abandonarlo, ya que no lleva a ningún lugar. Aprendí que era capaz de quedarme por siempre en un amor sabiendo que era disfuncional. Buena parte de mi vida tomé la opción de la guerra, crueldad, irrespeto y de la violencia como si todas esas cosas fueran pruebas de amor. Ahora sé que no es así y que puede ser diferente. Recuerdo aquellos días y no me queda otra opción que decir "Gracias". Se siente un alivio profundo y renovador. Nuestras vidas estuvieron al borde de la locura. Es bueno mirarlo cuantas veces sea necesario, sentirlo sin rabietas; dejar que, lo que sea que produjo, llegue a florecer dentro de uno. Reconociendo lo que fue, cómo fue, emprendemos el mayor acto de responsabilidad con nuestras vidas, y esto debe hacerse superando cualquier dolor, pues solo atravesándolo podemos sentir alivio, y, sobre todo, impedir volver sobre los mismos pasos. Lucharlo o negarlo, por el contrario, es la fórmula perfecta para seguir atándonos más y más al dolor. Tiene el efecto de una elástica invisible; mientras más empujes, más atada permaneces. Es el típico "te odio, no me dejes".

Cada vez que, de corazón, quiero revisar esta parte de mi historia, me veo en el tiempo como la niña que quería –pero no sabía cómo– crecer y aprender. La tarea más grande ahora es amarme y transformarme con respeto y dignidad. Con constancia y ganas, enfocada permanentemente en lo que quiero. Muchas cosas me ayudaron a conocer las razones para buscarme un amor así; pero, cualesquiera que ellas sean, siempre tendré el corazón abierto para saber que también fui responsable de lo que sucedió. Es lo único que me garantiza tener y mantener mi corazón agradecido.

Cuando visito alguna ciudad y me siento en el parque donde los niños se distraen jugando, me imagino que somos nosotros dos que nos quedamos allí para siempre, forcejeando por algún juguete o esperando el eterno y anhelado reconocimiento a cualquier proeza. Ahora la mujer adulta y madura puede verlos a distancia y, de vez en cuando, si lo deseo, les llevo caramelos e intento abrazarlos para que ya no sigan sobreviviendo entre tanta guerra.

A los hombres que pude amar y a los que no pude amar en retorno, les agradezco hoy por tantas historias que viví, por las suyas que aún desconozco y que hacen caminos con ellos. Cuando los recuerdo a todos los amo profundamente, tal como son, como fueron en su esencia, sea la que sea. Cada uno, en la forma que pudo, me llevó a conocerme más a mí misma hasta llegar a ser la que soy hoy en día. Donde quiera que estén y en especial a ti, gracias por cada día compartido. A los que no recuerdo y pude herir también, les digo:

—Lamento lo sucedido.

Como adultos, ahora somos responsables y cada uno puede tomar vías alternas, diferentes a la lucha y la devastación.

Décimo camino

"La energía se mueve gracias a la energía"

Aprendí de la Maga sobre las consecuencias que operan igual cuando dos personas están conectadas por el lazo del amor, o lo contrario. Generar buenos pensamientos hacia los otros no era cosa nueva para mí. Sin embargo, poder entender la energía, palparla en su verdadero espacio y dimensión, ha sido una de las cosas que más me hace ser cautelosa y, ante todo, respetuosa. Nadie engaña a un destino, mucho menos a una persona.

La energía llega a ser entendida bajo la palabra "amor"; no se llega a pensar y sería imposible pretender sentir que lo podríamos capturar para uso propio. Con el simple hecho de abrirle las ventanas del alma, las interconexiones universales se encargan de ponerlo todo en perfecta sincronía. Ante esta demostración de bomba atómica, perdemos el lugar donde ya no existe el departamento de quejas. Mucho menos decir "devuélveme los besos que te di". Cuando nos toca vivirlo, solo se concreta.

Uno de los más grandes aprendizajes con la Maga tenía que ver con el poder de la energía. Apenas me adentré en el conocimiento y transmisión de la misma, pude darme cuenta de que la mayoría de las cosas no tienen explicación. El entendimiento desde los aspectos científicos queda siempre, tanto en la duda, como en nuevas búsquedas que corroboren lo siempre descubierto. El despertar de la conciencia, más que energía, es la ciencia con menos fundamento sobre la Tierra. Cada quien debe vivir lo que le toca y ante esto no hay explicación posible.

En Suramérica hay una población indígena cuyos conflictos se resuelven de una manera que puede resultar muy extraña para nosotros. Cuando se produce una guerra entre las comunidades, los guerreros deben esperar por la suerte de aquellos que fueron heridos o ultimados. Los miembros de mayor jerarquía de la comunidad le dan un lugar al victimario

o agresor. Este permanece dentro de la comunidad con el solo privilegio de estar a la vista de todos tendido en su hamaca, hasta conocer el destino de su víctima o lesionado. Si la víctima de la comunidad que ha sido molestada fallece, tiene dos posibilidades. La primera es colgar el cuerpo de la víctima de un árbol en medio de la selva, para esperar que los gusanos devoren su cuerpo en el tiempo previsto. La segunda podría ser cremar el cuerpo de la víctima como ritual fúnebre. Por lo general, esta es la costumbre.

Lo que más me impactó de esta historia fue saber que el hombre que espera en la hamaca, en todo momento, recibe señales de lo que la comunidad está por decidir.

Si el hombre llegase a ser colgado en el árbol dentro de la selva, se toma más como una venganza por lo sucedido de parte de la comunidad ofendida. Entonces nuestro hombre, que aguarda en la hamaca, comenzaría a esputar gusanos por la boca, no mucho después que su víctima ya fallecida experimente lo mismo en el cuerpo, hace tiempo sin vida. Si se produce lo contrario, de igual forma, en el momento de la cremación, el guerrero que aguarda en calma comenzaría a botar cenizas por la boca durante varios días, sin opción de poder luchar contra nada de lo que debe vivir. Quiere decir que la suerte de uno está ligada a la del otro. Lo que le sucede a uno sería lo mismo en el otro. Así, el guerrero que logra preservar la vida rinde honores a su víctima y, de alguna manera, en ese nivel energético, todo queda saldado. La víctima no encuentra paz mientras no sea visto o reconocido por su perpetrador o victimario.

Esta historia compartida o transmitida por la Maga, me hizo pensar y repensar muchas veces y tomar conciencia en varios niveles. Todo llega verdaderamente a converger allí. Poderosas conexiones con cada persona en la que pensamos o que aún nos piensa se viven día tras día, más allá de lo físico. La ilusión más grande del ser humano es creer que estamos separados. El amor es una conexión de pensamiento. Difícil de creer. Cada amanecer al lado de la Maga era el acostumbrado ritual donde tomamos conciencia de lo antes mencionado. Noventa minutos antes de la salida del sol, es el momento donde el cosmos nos regala una fuente de inspiración para ser creativos. Todo se está despertando con tanta fuerza, que podemos elevar lo nuevo y renacer junto al Universo. Las piedras aprovechan de charlar y respetamos que, en cada una de ellas, encontremos a un sabio en descanso. Respirar profundamente, sentir que el corazón que poseemos es capaz de sonreír y, en ese momento, elevar una oración a todos nuestros seres queridos, los que aún existen en este plano, los que ya decidieron partir y los nuevos por llegar. Las palabras giraban en torno a la gratitud por nuestro cuerpo cada mañana, órganos, células, por la tierra que nos sostenía aprendiendo y valorando el día por venir.

El corazón abraza al espíritu. Vivir en armonía garantiza la conexión con lo supremo, con el Universo. El cuerpo se siente liberado, las tareas diarias dejan de ser tan pesadas y comenzamos a saber para qué estamos en esta *vuelta* de la vida.

Nada de esto se logra a solas. Todos los seres humanos, aunque no lo sepamos o no lo hagamos consciente, estamos ligados de una u otra forma. Venimos a ser empujados o a empujar para que todos lleguemos. Así fue que aprendí a nunca más subestimar a nadie que estuviera delante de mí. *La Maga y su legado.*

Asumir, pues, la responsabilidad de lo realizado y sus consecuencias, es un camino duro, de crecimiento. La culpa o hacerse el distraído, en definitiva, no ayuda de mucho. Solo traerían peores consecuencias cada día.

Quien pretenda estar en el camino de la conciencia, experimenta la posibilidad de abrir los ojos para saber que no hay retroceso o ceguera posible. Una vez que corremos ese velo, podemos toparnos con lo más oscuro de nosotros mismos, y no hay otra cosa que hacer que continuar en el plan que una vez quisimos trazarnos. La Maga habló claramente:

—La vida es un asunto serio y demanda siempre una fuerza muy especial. Quien sabe esto y lo decide para su vida, debe saber también que no hay retorno posible. Cada nuevo paso será de mayor exigencia, en la medida en que otros niveles de conciencia se nos vayan revelando. Si se tratara de un aviso clasificado, se leería así: "Se busca gente con fuerza de corazón; flojos de alma, favor abstenerse". La energía siempre escoge a su caminante y al que se mantiene en movimiento. Nadie puede quitarle a nadie lo que le corresponde. La energía primero nos camina internamente, luego nosotros la conseguimos en silencio y en respeto. La luz que encontramos dentro de nosotros son los faroles que hallaremos y que utilizaremos para no volver a tropezar en el camino asignado.

"Bienvenidos todos"

De vuelta en la casa antigua, camino por los pasillos en dirección a mi cuarto. Sigue siendo temprano. Mis cabellos se asoman húmedos al día. Poca gente transita por los pasillos y jardines del lugar. Sin embargo, las flores y el paisaje no necesitan testigos para hacerse notar. Me voy abandonando, más tranquila comienzo a sentir los cambios internos. Es difícil encontrar un traductor prudente. Quiero silencio.

Desde un torbellino de pensamientos hasta la calma de un río que fluye, comienzo a vivir en imágenes las hojas que danzan río abajo. Todas se acompañan, ninguna cuestiona la corriente y su fuerza oculta. Se dejan. La entrega y el fluir contagian al aire puro y vívido. Soy una hojita y me sonrío bajando por la vida. Regreso en mí luego de flotar entre canales convertidos en nuevas posibilidades.

Tengo el día libre y puedo hacer lo que me plazca. No es necesaria mi presencia ante la Maga y sus actividades. Me siento agradecida de poder contar con el espacio para estar en quietud y libertad, luego de lo vivido en la noche con mi caballero.

Qué transformación me he atrevido a vivir. He caminado casi toda la mañana, recorriendo e investigando cada rincón de los alrededores de la casa antigua y renovada ante mis ojos. Mis pies descalzos sobre la hierba son un regalo para la tierra que me siente agradecida. Definitivamente hay una o mucha diferencia. Ya casi es mediodía y el sol es sutil en el paisaje. Me gusta el clima en mi rostro, que comienza a saber de calor. Una ocurrencia aterriza entre mis cejas. Me gusta la idea que me ronda. La dejo que me anime al punto de sentir su persuasión. Hace tiempo que no me llevo a comer. Entonces, bien dispuesta, con la decisión llena de entusiasmo, he subido a mi cuarto y he tomado mi cartera para llevarme a un almuerzo bien merecido y especial.

—Hoy me invito almorzar.

Hay una pequeña villa a pocos kilómetros de distancia y me gustaría disfrutar de mi propia compañía. De esta manera procuro estar conmigo un rato. Nada más mágico que ser uno mismo la compañera de la ruta. Hoy no me gustaría estar con personas que pueda utilizar, para correr lo que todavía debo sentir. Hoy es mía la vida conmigo. Me agrada mi compañía, he tenido que aprender a estar conmigo. Luego de la larga caminata por el camino que lleva al pequeño pueblito, me adentro entre imágenes que se dejan revelar ante lo que deseo. Los locales me miran de forma extraña, pues se nota en el aire mi aire de turista. Me imagino que la forma en que visto les llama la atención. Mis colores me acompañan y son tan vívidos, que es inevitable ignorarlos. He caminado con mucha calma y observo cada cosa que se tropieza conmigo. Pequeñas tiendas a lo largo de la angosta calle, donde todo lo que está fresco y del día se exhibe afuera, con libertad y colorido. Las flores siguen siendo el premio de la estación. Yo lo celebro como cosecha interna al observarlo. Luego del final de la angosta calle, inmediatamente a la derecha, veo un lugar donde me gustaría sentarme conmigo. Un espacio bien dispuesto con mesitas en la parte de afuera, donde celebrar la fiesta en presencia del sol.

Me detuve en la entrada; al leer el menú me agradó la oferta de lo local y sus platillos. Nadie vino a mi encuentro. Me dirigí a buscar una buena mesa debajo de las sombrillas de colores brillantes. Me agrada mirar a las personas caminando por la calle e imaginarme historias y cuentos. Mujeres, hombres y niños pasan sin darse cuenta de mi presencia. Aun así todos vienen de sus padres al igual que yo. Historias plasmadas en sus vidas que se usan como motor diario para continuar. Somos tan espaciales que terminamos siendo los mismos.

El mantel de algodón sobre la mesa es color verde agua y ha sido usado poco.

En el centro un florero pequeñito, muy delicado, lleno de flores silvestres, me deja encantada al invitarme a contar los pétalos de cada una. Me quiere; no me quiere; me quiere; no me quiere. Ahora me quiero yo. Así transcurre el tiempo mientras espero por el mesero y sus sugerencias del día. De nuevo me salta la idea de hacer mi velada en un ritual. Es un buen día para ello. Me siento sagrada en mi compañía. No miro tanto fuera, me mantengo dentro de mí y me sigo descubriendo para poder descubrir el amor hacia mí. Hay cuatro sillas y debo escoger una para mí y otra para mis invitados de hoy. He decidido sentar a "la vida" a mi derecha, *tengo tanto que compartir con ella*. A mi izquierda y mostrándose hermosa y poderosa, la invitada de honor, la "muerte". Siento la gratitud que viene de ella por haber sido invitada y ponerla a la vista de mis caminos. En la última silla que me queda de frente a mí me permito sentar al "amor", ese que me ha enseñado lo más sagrado. Ahora estoy completa en mi ritual. Hemos comenzado a dialogar y a decidir qué sería bueno para acompañar tan mágico momento. La conversación es todo un evento de la realidad; hablamos de aprendizajes y de mis ganas de entender la verdad. Todos se mueven como piezas, todos tienen algo que aportar. Soy yo la que decide cómo y dónde crecer. El miedo hace que nunca veamos la vida en su estado más frágil. De verdad puede estar muy llena de todo lo auténtico y completa de retos.

Los miedos podrían mostrarme las fuerzas del verdadero poder para así conocerme.

Celebramos entonces la existencia como balance. Encontramos mucho dentro de las palabras sabiduría, fe y crecer. Un día como pocos y ahora como muchos… Las horas transcurrieron y el silencio hablaba. Mis ojos me miraban cuando podía cerrarlos. Estoy viva y todos me celebraban como yo. Tal vez ahora que puedo hablar de amor, solo me quede en silencio, amando. Entre vegetales y aguas aromáticas de hierbas locales ha trascurrido el programa. Un delicioso pastel de manzana ha sido el broche de oro de nuestra jornada, a la cual agradezco infinitamente.

Las montañas en el cuadro hacen gala al disfrute. Los árboles me hablan del momento que se aproxima, de lo que puedo y debe venir para mí.

Estoy lista para regresar a la casa y hablar con la Maga. Tal vez, siendo honesta conmigo, logre tener una conversación que me lleve a entender lo que quiero de ella.

Doceavo camino

"Busca que te buscan"

No he podido encontrar a la Maga. Ya de regreso en la casa, por casi dos horas, he preguntado por ella y nadie tiene respuestas para mí. Aun en su ausencia física he aprendido que ella logra estar más allá del mundo visible. Nada sencillo de entender para muchos. Sin mirarte, te mira. Escucha todo detrás de las paredes y su dimensión desconocida. Cuando logras encontrarla, lo primero que te pregunta es exactamente por lo que has estado ocultándote de ti. No te da tregua. Siempre está allí contigo.

Han trascurrido casi 24 horas del encuentro con el sultán de ensueños. Pienso en él y lo que podría estar haciendo ahora. Me siento cansada físicamente por todo lo vivido. Me he sentido extraña sin poder encontrar a la Maga. Este proceso me hace sentir más espiritual que nunca. Una conciencia repleta de un silencio que me guía y me habla. Algo está sucediendo y ni me atrevo a predecir mi futuro. Maga, ¿estás ahí?

De las enseñanzas he recordado algo. Cuando el espíritu evoluciona de alguna manera a través de la conciencia, el cuerpo se ve obligado a pasar por una forma de expansión una verdadera transformación. Se expande la conciencia y, como consecuencia, se amplía también el estuche sagrado. Más voluntad, más vitalidad, mayor responsabilidad. Se necesita un espacio o contenedor que pueda sostener todas esas nuevas energías. Algo me dice que tengo que pagar el precio del camino andado. Nada es gratis. Mucho menos los procesos que nos hacen crecer en nuestro interior. Debo estar alerta de lo que se va a pedir a cambio por esta transformación realizada.

Cada vez que recibo este tipo de conocimiento, tengo la sensación de que no puedo controlar a mi antojo los mundos no palpables. El simple hecho de estar allí ya trae como consecuencia el desahogo de mi estuche. No puede ser de otra forma.

Las palabras sabias de la Maga en su eterna expresión "busca que te buscan" encuentra el maravilloso significado oculto de "me buscabas cuando yo te encontré".

Otra vez presiento que lo aprendido me llevará a una nueva dimensión que desconozco. No sorpresas aquí. Respiro y me repito a menudo la palabra que es remedio, "calma", en lo mucho de aquello de estar alerta. No hacerlo igual, vivirlo y cambiarlo. Aún más profundo, qué susto. La mejor forma de aminorar los síntomas de una iniciación como esta, es tratar de integrar en el tiempo con las acciones que provengan de lo nuevo. Aprendemos para hacer algo. Requisito exigido cuando queremos sanación, es sanarnos a nosotros mismos.

Para el estuche sagrado no es prudente sostener tanta energía. Luego de lo aprendido es importante una pausa, para luego poder hacer algo con ello. No es aconsejable guardarse el aprendizaje. Mucho menos plagiarlo. Sanar es actuar. Otro clasificado podría decir así: "Se busca gente que practique antes de que predique".

Percibo mi cuerpo algo hinchado. Lo puedo notar en mis manos y en mis pies. Mis anillos se sienten apretados en los dedos. Un ligero dolor de cabeza y garganta son la señal de lo inmediato. Mis defensas están bajas, tantas emociones en tan poco tiempo me han enfermado. Fue en un instante que me percaté y ya es muy tarde. No tuve la astucia para manejarlo y tomar una pausa. Me dejé llevar por las ansias de crecer como antojo. Debo retirarme para estar conmigo y lo que viene. De esto estoy consciente. Un proceso energético llamado enfermedad nos saca de circulación por un rato, para darle chance al cuerpo de asimilar y al alma a decidir la próxima jornada. Con más o menos fuerza solo es la próxima jornada. Estoy en mi cama mirando por la ventana de la terraza. Ya no quiero ni pensar. Me sumerjo entre las cobijas como vientre que me verá nacer de nuevo. En la oscuridad espero el proceso que me llevará a lo nuevo. Me duele el alma y mi cuerpo. En cama observo la marquesina del techo que me cubre. Tengo frío y miedo. No quiero hacer nada y no me puedo mover. Todo duele y mi mente no coordina. A ratos me abraza un llanto ancestral. Miles de lágrimas brotan por mis ojos sin saber un por qué. Es una metamorfosis. Logro escuchar las aves a lo lejos, el viento y el rocío en el aire que no se detiene. La expansión de mis sentidos puede divisar y alcanzar lo impensable. "Me estoy muriendo" es la frase que me repito incesantemente. Aun así me atrevo a ser fuerte y miro las cosas lo más claras posible. Me dejo sentir el proceso que me lleva a un lugar que desconozco. Escucho los cuencos ancestrales dentro de mí, las conchas marinas repletas de océano incapaces de distanciarse. Mi cuerpo es una rama de un árbol que se tiene que retorcer en silencio ante la tormenta. Es insoportable el dolor en mis huesos, siento que me parten en dos y sigo siendo una. Mi alma le grita al espíritu que no debe olvidar su cuerpo.

Quiero renacer. Maga, ¿estás ahí?

No logro ver nada. Todo está muy oscuro, se me confunde la realidad con el anhelo.

¿Qué hago aquí? ¿Quién soy? ¿Por qué nadie sabe dónde estoy? ¿Por qué ya no necesito refugiarme en nadie? Nunca más usar a nadie para esconderme de mí.

Cierro mis ojos y miro lo mismo. Es mi sombra la que camina de noche. Estoy deambulando entre el cosmos y mi cuerpo. Calma. Soy valiente y busco fuerzas.

Prefiero rendirme. Silencio.

La puerta se ha abierto de forma repentina. A lo lejos y en la oscura penumbra me parece ver la silueta de la Maga. Siento el espacio detenido, paralizado y el aire está muy frío. ¿Es idea mía o esto está sucediendo realmente? Esta ahí detenida observándome y me estoy llenando de pánico. Su silencio me retumba y quiero gritar.

Sin saber qué hacer, con pocas fuerzas y sin casi voluntad, la diviso y le muestro mi humildad. Soy frágil y quiero hablar, a pesar de mi falta de lengua. Poco a poco se dirige a mí y se me acerca. Me sostiene la cabeza con sus manos, percibo su olor muy particular. En el mismo espacio callado, con su lenguaje corporal y gestos, me hace entender que debo abrir la boca para tomar lo que me quiere hacer tragar. Lo que le llega a mis labios y lengua es el líquido caliente que comienza hacerse más y más amargo a medida que entra en mi cuerpo. Por más que intento quitar el rostro de tan horrible brebaje, es más la fuerza que logra para que entre en mí. Me aquieto y dejo que llene mis vísceras del remedio que, de inmediato, siento debería agradecer.

Aunque no lo comprendo, en este silencio estoy más cómoda, me estoy comunicando con ella sin soberbia. Me gusta no decir nada y, a la vez, decir todo. Siento su compasión y un amor que brota de un lugar que no conozco. Poco a poco me ha retirado la ropa hasta quedar desnuda. Me siento cuidada, protegida y amada. Frota mi cuerpo y cada parte de mi organismo con fuerza con una espacie de ungüento. Son sus manos de curandera las que me tocan. ¿Me sana ella o me sano yo? *Maga…*

En un instante he comenzado a sentir cientos de pequeñas agujas que me atraviesan por completo. Muy consciente, estoy al tanto de que no debería luchar con la dimensión de lo que parece dolor. Aun así estoy mareada y me cuesta respirar.

Estoy en sus manos y debo confiar. Es ahora que debo confiar.Ya no entiendo en qué espacio me encuentro. Me siento transformada en un punto donde pareciera que me queda todo muy estrecho. ¿Podría estar fuera de mi cuerpo o acaso estoy muerta? Respiro, calma, confía.

Luego de haberme llenado del bálsamo, me ha cubierto con papel periódico. Debo tener mucha fiebre, pues los labios me arden y los temblores me dejan sin fuerza. Es extraña la sensación de verme llena de papel de prensa. Sin embargo, esta locura poco probable comienza a ser alivio. La fiebre y la humedad intentan salir del cuerpo.

Siento como la humedad abandona mi corazón. ¿La Maga puede curar el corazón?

Tal vez ya está dentro de él haciéndolo hace tiempo. Me coloca la ropa encima del papel con mucha calma. Dentro de lo difícil de definir lo que está sucediendo y lo doloroso de mi proceso, creo haber sentido sus labios en mi frente. Pude respirar y llorar. Duele sentir amor. Este es un amor que no conozco. Maternal, supremo y magno. No puedo explicarlo, es cuestión de vivirlo. De pronto el silencio se quebró y su voz vino de la luz. Algo intentaba escuchar, se me hacía difícil por lo aturdida que estaba para poner atención. Seguí atenta. Habló entre murmullos. Pude oír algunas cosas. Parecía un religioso o monje en meditación que, a ratos, dejaba escapar algunas frases casi imperceptibles de atrapar.

—No luches—, me decía. —Estoy aquí para hablar con todo tu ser en todos sus planos—, proseguía. —Tu cuerpo ya está en vías de saber de su propio espíritu, intenta ser honesta contigo cuanto antes. No te traiciones más. El pasado solo te ayuda a seguir en el camino si has aprendido la lección. No tengas miedo, solo viaja siempre y para siempre. Camina.

No supe más de mí, debo haber desfallecido o tal vez perdí la razón.

Recordaba con atención lo poco que alcancé a escuchar.

La fiebre continuaba y yo ya no sabía si lo vivido era real o un sueño.

Estoy confundida.

Al abrir mis ojos ya no estaba o nunca estuvo.

¿Quién me dio el remedio?

¿Quién me arropó de mensajes?

Volvía a recordar lo que había escuchado de ella o de mí y regresaban los escalofríos, que casi eran convulsiones.

Hacer el amor con alguien rompe con el alma de todos los que vinieron antes. Deja que tu cuerpo se llene de vida, haz que la existencia convoque su perpetuidad. Esconderte detrás de tu piel no te ayudará, quien no agradece su cuerpo y no gratifica su infinito andar, se pierde. El Universo puede gastarse dándote oportunidades. Mírate con dignidad. Llegado el momento de abrir el corazón, te ganarás la libertad plena de poder abrir tus alas.

La vi a lo lejos una vez más, tuve cautela de creer lo irreal del momento. Era mi anhelo de saber que era ella. Mi deseo hacía que su sombra se confundiera con la mía.

"Nada que hacer todo está hecho"

Las luces del amanecer se atrevieron a avivarme poco a poco. Recuerdo vagamente que desperté en medio de un silencio profundo. Todo lucía en orden dentro de mi cuarto. Nada extraño pasaba. Me fui incorporando poco a poco. Aún estaba mareada y nauseabunda.

Comencé a percibir que mis sentidos estaban diferentes… Veía con más brillo, sentía el olor y sabor de las sábanas, era capaz de percibir el viento que aún estaba despertando con la mañana. Mi corazón estallaba de amor; suspiraba y respiraba, agradecía y casi danzaba conmigo. La experiencia de sentir un amor que nunca antes pude advertir era algo de considerar, qué experiencia estaba viviendo. Mi cuerpo aún empapado de sudor destilaba agua sagrada, así lo pude vivir…

Cuando pude percatarme de mi estuche sagrado, me di cuenta que aún estaba envuelto en papel periódico. Comencé a retirarlo todo poco a poco. Mientras veía con atención la fecha impresa en la prensa, imágenes y un lenguaje que era extraño a mi entender, me decía: "noticias viejas".

Todo queda atrás.

Tenía mucha sed, estaba hambrienta y estaba viva. Recordaba el trance en el que estuve. No podía comparar la experiencia que había vivido con nada parecido, inclusive el trayecto de las plantas sagradas que alguna vez me regalaron caminos.

Mi mente se atrevió a asomarse. Y de forma sutil me cuestioné de forma diferente.

Percibí que la nueva estructura rompería los esquemas de lo que estaba por venir.

Tendría que velar ahora por mí. Hacerme sentir segura en mi propósito era la misión más importante y ya tenía una de las mayores señales al saberme dueña de mi vida.

Era cuestión de esperar con paciencia. "Los cambios son siempre oportunidades maravillosas", me repetía incansablemente.

Entusiasmada, alegre y agradecida, me quité lo que llevaba puesto. En una desnudez completa me dispuse a salir a la terraza. Agradecí infinitamente a mi humilde morada que había sido testigo de mis ganas de crecer y sanar. A lo lejos pude observar el tendedero de ropa de la casa. Manteles y sábanas blancas se dejaban escuchar como aplausos nutridos por el viento. Miré el tenue brillo de las últimas estrellas y planetas que se oponían a ocultarse dentro de la luz del día. Pude sonreír y mi alma sintió un gozo muy particular.

Me dejé regalar asombro cuando noté que los sonidos eran más nítidos.

Ecos nuevos mezclados con los antiguos hacían la sinfonía perfecta. Más alerta, respetaba el proceso de haber despertado a una nueva dimensión. Cada gota de rocío se iba deslizando en mi alma. Comencé a saborear el aroma de los árboles que me observaban. Mi cuerpo, al unísono con la tierra, me dejaba ver mi propia esencia.

Observé al cosmos amaneciendo lentamente. Me arropaba la grandeza de las constelaciones. Todo giraba y ahora yo giraba con el todo. Estaba renaciendo y no negaba la expansión y el alcance.

Maga, ¿estás ahí?

El contentamiento me dejaba al descubierto, pues quería reírme a carcajadas sin saber por qué. Me gustaba escucharme.

Las piedras sabias estaban húmedas y los pequeños grillos se ocultaban ruborizados al verme feliz.

No soy la misma. Dejaré que los demás me descubran cuando ellos logren verse a sí mismos en mí.

Siento que me adentro en un camino lleno de silencio y poca explicación. No necesito saber del amor, mucho menos buscarlo, mendigarlo o sufrirlo.

"Yo soy todo lo que es más allá de las palabras". Estoy ligera en mis brazos, que terminan en alas.

Ojos como faros que guían desde adentro. Escucho las olas del océano y, una por una, revientan en mis pies sólidos. Siento la expansión. Estoy fundida con el Universo.

Hice un viaje en segundos cerrando los ojos y sintiendo que estaba en el vientre de mi madre. Me parecía mirar estrellas y todo lo que conforma el vasto Universo.

Tuve la sensación de estar sostenida y mirar el cielo como si cubriera a lo más sagrado que tengo, la tierra que piso.

Mirar la familiaridad de ese cielo y compararla con la sensación de estar dentro de mi madre es el regalo.

Llegó la hora de aterrizar y seguir. El tiempo había sido justo y amable conmigo.

Quise correr y buscar a la Maga, abrazarla y decirle en silencio que todo estaba en orden, la lección había sido aprendida.

Me apresuré dentro del cuarto y me vestí con lo que pude encontrar. Lo único que me importaba era subir y encontrar a la Maga.

Antes de llamar a su puerta, me detuve. Hice pausa. Sentí un inmenso respeto por ella. Su espacio y morada debían ser sagrados.

Recapitulé en mi mente lo que debía decir. Estaba inquieta y alegre. Quería compartir con ella toda mi vivencia.

Llamé a su puerta en varias ocasiones, nunca se abrió. Nada ocurría. Sin embargo, escuchaba ruidos dentro de la habitación y lograba ver la luz de una lámpara que había quedado encendida aún siendo de día. Maga...

Esperé un tiempo que consideré prudente. Entonces decidí tomar una caminata cerca del bosque que rodeaba la casa antigua.

Maga, mi Maga... ¿A dónde te has ido? ¿Te fuiste? ¿Estás? ¿Maga? Caminaba y caminaba. Maga.

Esperé la salida del padre Sol por completo. La tierra se sentía con sonidos de tambores debajo de mis pies.

La celebración de mis ancestros y una fuerza sagrada que me acompañaba hacían el comienzo del día una fiesta extraordinaria. *Maga...*

En el camino, y luego de largo rato andando, recogía todas las plumas que me regalaban las aves en forma de señales. Pensaba que debía guardarlas y comenzar a construir mis propias alas para el día que me tocara volar. Quería tener un par de alerones bien construidos de caminos y señales, para así levantar un vuelo seguro.

Sabía ahora que no podía parar. Más caminos traerían más plumas y así un vuelo eterno y seguro.

Regresé a la casa antigua, mi camino de los últimos días. Al entrar por el pasillo acostumbrado que lindaba con el área del desayuno, noté la extraña mirada que todos me dispensaban.

No entendía lo que estaba ocurriendo y se me hacía incómodo sostener tanta energía.

Por un momento llegué a pensar que seguía desnuda y eso era lo que les provocaba curiosidad y alarma.

Tomé previsión de chequear mi atuendo, que tal vez era el motivo. Casi siempre estamos ocultos.

Me sonreía conmigo.

En mis pensamientos silenciados y frente a tantas miradas extrañas, me dije: "¿Qué pueden entender los demás de los procesos que nos toca vivir a cada quien?".

Nada, seguro que nada. Así que el silencio comenzaba a ser mi mejor ritual para dejar a los otros en sus propias respuestas.

Me senté en el sofá donde pude saborear mi café mañanero una vez más. A medida que la gente desfilaba en mi entorno, sentía alegría de solo poder observar. Me gustaba la manera en que ellos también me observaban con respeto y gratitud por mi existencia esa mañana.

Terminé mi café y agradecí el espacio que me concedieron sin preguntas o intromisiones. El silencio que me procuraba ahora atendía a una conversación conmigo y que debía atender.

Pude experimentar la poca necesidad de lucha o angustia de seguir buscando algo fuera de mí.

Todo estaba completo y pertenecía a la diversidad. Me sentí finalmente en casa. No había lugar más hermoso que esta morada dentro de mí.

Mi trozo de propiedad estaba floreciendo como magia y quería darles la bienvenida a todos. Me estaba amando para poder amar.

Descansé un rato a solas en mi cuarto luego de la caminata y el café. Necesitaba el espacio de tranquilidad más que otra cosa.

Era ahí donde se me hacía más fácil producir vida consciente. Ya no pensaba tanto en la Maga. Todo se trasformaba segundo a segundo.

Me dispuse a empacar sabiendo que había llegado el momento de concluir todo lo que había comenzado.

Faltaba la jornada de ese día y estaba consciente que estaría al lado de la Maga para compartir lo más sagrado de ella, su presencia. Descubrirla como algo nuevo era un reto. Revisé con cuidado mi equipaje y su contenido. Mientras empacaba, me percaté de lo extraño que se sentía mirar mis vestidos. La sensación que me llamaba la atención era sentir que no eran míos. Parecía ropa prestada. Me preguntaba dónde estaba yo cuando decidí comprar tantas cosas que ahora no eran ni la sombra de mi luz. Me tuve que reír de mí. Tomé la decisión de quedarme con lo básico. Quería un equipaje ligero y auténtico. Algo que me permitiera vivir con la vida.

Pensé en el caballero y su armadura; en el tatuaje de mi alma; la familia; mis hijos.

Todo se detuvo en el tiempo en otras formas. Compañeros de destinos, caminantes de los mismos caminos, una y otra vez en muchas vidas y secuencias.

Solo faltaba ver a la Maga y guardar silencio ante su presencia y su ruta.

Mujer hermosa, llena de sabiduría, paciencia y caminos.

La experiencia de cada instante te hace heroica y nunca nadie debe o puede tomar lo que has vivido.

Amable de corazón, te abres para enseñar lo dulce y lo salado de una vida con dignidad a quien quiera.

Apuesta a las nuevas experiencias, buenas y no tan buenas. "No hay días malos, solo días de crecimiento". La curandera de almas, ese es tu nombre, llena de plantas de poder con las semillas que abren el alma, acompañas en la siembra pues sabes de la tierra y su dimensión. Ahora mira las estrellas y siente el frío que es capaz de transportarte a la calidez.

Confía en tus pasos, percibe los caminos que debes concretar. Ha llegado la hora. Es momento de cerrar para abrir. Terminar el trabajo que hemos comenzado para seguir en el compromiso que debemos continuar.

Ya estoy lista para bajar con mi equipaje mucho más ligero. "Mi oficina ahora debe ser el camino".

Me agrada escuchar el sonido de los collares que me acompañan. Siento cada paso que doy con gratitud. Llegó la hora de transcribir al Universo. Conocimiento a manos llenas para el que quiera la magia.

Se abre la puerta y doy gracias a Dios. Hay un silencio sacro. Esperan con entusiasmo mi llegada.

La tierra se alegra al verse protegida en rituales de gratitud.

La Maga aparece.

La Maga es celebrada por su propia magia.

La Maga ha llegado.

La Maga que ahora soy.

Quiero susurrarte al oído y quizá
me puedas escuchar. Todo siempre está
concebido en secuencias perfectas;
un punto aquí, un espacio allá.
Une los puntos y traza lo inexplicable,
traduce la lengua que habla en silencio.
Las historias nacen, crecen, se reproducen
y se transforman, nunca mueren.
Las páginas que siguen a continuación
son el camino para ti.

Maga, ¿estás?

www.earthedition.org